青春豬頭少年不會夢到初戀美少女

鴨志田一

插畫 溝口ケージ

Kadokawa Fantastic Novels

麻衣

為了達到「溫柔」這個目標，
我努力活在今天。
希望今天的我能
比昨天的我溫柔一點。
要是能成為這樣的人就好了——
我抱著這個願望活在當下。

青春豬頭少年不會夢到初戀美少女

鴨志田一
插畫 溝口ケージ

Kadokawa Fantastic Novels

第一章

灰暗空洞的風景

1

梓川咲太完全無法理解這名醫生說了什麼。

「我們已經盡力了……但是很遺憾。」

並不是沒聽清楚話的內容。走出手術房，年約四十五歲的這名男性醫師口齒清晰，雖然音量不大，卻在籠罩寂靜的深夜醫院走廊上微微迴盪。

「您剛才……說什麼……」

沙啞的聲音。這是咲太下意識要求確認的話語。

然而，穿著深藍色手術服的男醫師沒回答。這也是當然的，因為醫師不是在對咲太說話。

四十多歲的長髮女性，身穿看似昂貴的套裝，側臉有著咲太所熟悉的某人的影子。這裡說的某人是和咲太就讀同一所高中，大他一屆的學姊，咲太的女友。是咲太重要的人，也是咲太想要愛護的人，名字是櫻島麻衣。

正確來說，應該是麻衣長得很像此處穿套裝的女性。因為正在聽醫師說明的她是麻衣的親生母親，咲太只見過她一次。之所以見一次就記得長相，無疑是因為兩人長得很像。

「我女兒……麻衣她……真的……已經……」

話語一字一句從麻衣母親的口中說出，像在確認醫師的反應。

「送來這裡的時候就幾乎回天乏術了。」

男醫師深深低頭。

咲太還是聽不懂醫師在說什麼。即使知道醫師在說日語，卻聽不懂意思。身心拒絕理解，拒絕承認。

所有聲音逐漸遠離，耳裡只聽得到轟隆隆的雜音。明明醫師還在說話，說話聲卻無法化為有意義的話傳入咲太耳中。

就只是一直耳鳴。位於這樣的世界，咲太感覺一陣暈眩，身體失去平衡感，甚至無法分辨前後左右，只能注視正前方的一個小點忍受著。

接著在下一瞬間，咲太臉頰傳來火熱的痛楚。

意識慢半拍被叫回來，似乎聽到「啪」的清脆聲響。

「把麻衣還給我！」

隨著哀號宣洩而來的是引含憎恨的激動情緒。這雙眼睛在哭。雖然連一滴淚都沒流，看在咲太眼裡卻是在哭泣。

接著，走廊第二次、第三次響起「啪、啪」的聲響。咲太至此終於理解到，最初的痛楚也是

打耳光造成的。

「把麻衣……還給我啊啊啊！」

又一記耳光。

咲太無力閃躲，任憑處置。

「請等一下，您冷靜。」

醫師與護理師介入，將麻衣的母親拉離咲太。

「還給我，還給我啊！」

反覆響起的悲嘆聲如同利刃插入，接著神奇地出現血的味道。不是咲太多心，是剛才被打耳光造成嘴唇破皮。

察覺這一點的護理師說著「處理一下吧」輕推咲太肩膀。這個行動也暗示咲太現在最好不要待在這裡。

咲太不可能有氣力違抗這份貼心，只能像夢遊患者一樣跟著催促他的護理師離開。

「把麻衣……還給我……還給我啊啊啊！」

聽著母親失去女兒的慟哭，離開此地……

嘴脣傷口處理好之後，咲太獨自待在門診病患的等候室。

「……」

排成五列的長椅，他坐在最前列的邊角。

燈早就關了，只有標示緊急出口的綠色告示牌燈光照亮垂著頭的咲太。

白天，在這裡等待診療的門診病患多到需要動用預備的椅子，在非診療時段的深夜卻寧靜得像是夜間的學校。

在這樣的寂靜中，傳來一個腳步聲。

匆忙跑過走廊的聲音。

呼吸上氣不接下氣。

這個人朝咲太接近。

頂著凌亂頭髮出現的是金髮少女，側邊挽起的頭髮微微晃動。她是咲太認識的少女——豐濱和香。

進行偶像活動的她今天應該在聖誕演唱會登台了。大概是從會場趕過來吧，臉上依然是花俏的妝容，看得見大衣底下是閃亮的舞台裝。

咲太抬頭時，和香察覺他這個動作。

「咲太……？」

穿著靴子的雙腳停住，繃緊的表情染上不安的色彩。看向咲太的雙眼暗中在尋求依靠，不安

以及更勝於不安的期待心情搖擺不定。

正因為察覺這份情感，咲太和她四目相對的同時別過頭。咲太無法回應和香的期待，所以只能別過頭。

「……」

「咲太……？」

和香聲音沙啞。

「……」

咲太沒回應。沒能回應。

「欸，咲太……？」

和香按著他的肩膀，微微搖晃。

「喂，說話啊！」

接著更劇烈地前後搖晃。

「為什麼？為什麼不講話？」

「……」

「喂，為什麼啦！」

咲太直到最後都做不出像樣的反應。但他認為這樣正回答了和香的問題。

「……你在……騙我吧？」

和香的聲音在顫抖。

「這是在……騙我吧……」

「……」

「快說你在騙我啊！」

「……」

她的心因為咲太的沉默而顫抖。

「醫生他……是這麼說的。」

咲太以乾到不行的喉嚨硬是將言語化為聲音。

「醫生說……送來這裡的時候，就已經回天乏術了……」

聽了也不懂含意的話。咲太現在也不懂，就這麼糊裡糊塗照著說出口。

「……別這樣。」

聲音如同洩氣般萎縮。

「醫生他……是這麼說的。」

「別這樣！」

「搞不懂他在說什麼耶，真的……真的是……」

「真的是姊姊嗎？」

雙手放在咲太肩膀上的和香再度前後搖晃他的身體。

「……」

「應該是出了什麼誤會吧？」

「……」

「喂，咲太！」

「……」

「是誤會吧……這是誤會……快說這是誤會啊啊啊！」

咲太抬頭一看，和香在流淚，哭成了淚人兒。

「當時她叫了我……大喊『咲太』……」

「……」

和香發出啜泣聲。

「然後，我倒在地上……」

「……」

「麻衣小姐也倒在附近……」

咲太說夢話一般說下去。大腦完全沒運作，無法思考，才會想到什麼就說什麼，像是壞掉的揚聲器嗎……咲太就這麼沒認清自己的現狀，持續說明當時目睹的光景。

「雪啊……」

「……」

「雪是紅色的。」

「……」

在深夜的醫院，沒有任何事物妨礙咲太說話。

「只有麻衣小姐周圍的雪……是紅色的……」

即使說得再慢再結巴，也沒有任何人催促。

只有和香一邊哭一邊聆聽。

「只有麻衣小姐周圍……」

「……」

「我叫她，她也沒回我……」

「……」

「麻衣小姐……沒對我說任何話……我叫她的名字也一樣。」

那一瞬間的恐懼使得咲太身體不斷打顫。明明沒著涼，身體卻寒冷如冰。

「就算救護車來了，麻衣小姐被送上車，她也沒說話……沒動……感覺甚至也……沒有在呼

吸……」

正因如此，咲太祈禱盡快抵達醫院，一心一意祈禱。因為他認為只要抵達醫院，醫生就會拯救麻衣。當時他是這麼相信的。如此相信，深信不疑……

「為什麼……」

和香口中發出微弱的呢喃。

「……」

「為什麼啊……」

「……」

「為什麼你沒保護她啊！」

「為什麼你沒有保護姊姊啊！」

淚水濕透的雙眼瞪向咲太。

「……」

「為什麼……為什麼……」

「我……」

「為什麼你沒讓姊姊幸福啊！」

「！」

一度想說出口的話被和香的情感抹滅。咲太大腦變得空白，甚至忘記自己原本想說什麼。

「為什麼……為什麼啊……」

和香哽咽哭泣，坐在地上。身體連站著的力氣都沒有了。

連上半身都要臥倒在地時，她伸手抵著咲太的膝蓋支撐身體。

「為什麼……」

和香搥打他的膝蓋。

「為什麼……」

握拳搥打。

「為什麼……為什麼……為什麼啊……」

一次又一次……感受不到痛楚。和香的手好虛弱，幾乎沒使力，而且愈搥愈弱。

「為什麼……為什麼……」

聲音也逐漸變小，逐漸微弱到幾乎聽不見。

「對不起，如果……」

咲太想說下去的這句話還沒化為聲音就在內心消失。是咲太僅存的理性使然。

——如果是我死就好了。

要說出口很簡單。

然而，咲太說不出口。

不能說出口。身體產生抗拒反應。

咲太現在能像這樣位於這裡，是麻衣造就的。

咲太能像這樣擁有現在，是麻衣造就的。

這是麻衣賜予的生命。

這樣的生命死掉就好了？咲太不可能說得出這種話。

所以，即使痛苦也要縫住這張嘴，咬緊牙關等待這份煎熬的心情過去。即使知道這份情感不會終結……即使明白走遍天涯海角也找不到救贖……

只能等待時間逐漸流逝。

如今，只能這麼做。

咲太只知道這種事。

自己在哪條路走了多久，咲太完全沒有記憶。

甚至完全不記得是幾點離開醫院的。

即使如此，咲太還是在朝陽東昇之前回到居住的公寓。他從口袋拿出鑰匙打開玄關大門。

「我回來了……」

基於習慣而下意識說出的話沙啞不帶情感，聲音在寧靜的屋內響起。

「……」

沒人回應。同居的妹妹花楓去爺爺奶奶家過夜，所以不在家。

「……」

即使如此，咲太在脫鞋的這段短短時間，依然等待某人的回應。他在期待。因為最近這個月除了妹妹花楓，還有某人借住在這個家……身體已經完全習慣她的存在。

「……」

然而不管咲太等再久，依然聽不到「你回來啦」這句話，也沒有踩響拖鞋的腳步聲接近。沒有任何人來玄關迎接咲太。

那張無憂無慮的笑容已經不在這裡了。

「……這樣啊。說得也是……」

咲太後知後覺般察覺了。

那場車禍原本會殃及咲太。咲太本應在那場意外被判定腦死，成為小翔子的器官捐贈者。心臟移植手術，這是翔子長大成人所需的通往未來的車票。然而，咲太像這樣活下來了。

失去的不只是麻衣的未來，本應接受移植手術的小翔子失去這個機會，未來的大翔子也不存在了。

「……」

胸口的大洞繼續擴大，內心逐漸被空虛感侵蝕。

「……這是怎樣？」

咲太感覺像是被勒住般喘不過氣，蹲在玄關。當他按住胸口，手心傳來一股突兀感。

「……？」

某些地方不太對。手的觸感和昨天之前不同，胸口的觸感也和昨天之前不同。

「……」

咲太像是受到疑問的引導，拉下上衣領子看向胸口。

「……！」

身體在看見的瞬間繃緊。陌生的光景引發疑惑的情感，成為濁流沖向全身。

「……果然是這樣嗎？」

內心某處接受了這個結果。本應位於胸口的東西消失了。

從右肩劃向左側腹的三條爪痕。

如今消失得乾乾淨淨。

不是痊癒或傷痕不再顯眼，而是彷彿從一開始就沒受傷過，皮膚甚至絲毫沒留下痕跡。膚色的表皮就只是毫不突兀地延展下去……

親眼目睹自己身體的變化，連根拔除了咲太內心僅存的稀薄期待。

自覺到傷痕消失使得咲太實際感受到大翔子真的消失了。今後小翔子或許還有可能接受移植手術，然而接受咲太心臟移植的大翔子再也不存在了。數度拯救咲太的那位翔子再也不存在了，不存在於這個世界，也不存在於未來的世界。消失的胸口傷痕告訴他這個事實。咲太的存在本身證明了這個事實。

「什麼都……」

什麼都沒能保護，什麼都沒了。

「……這……是夢吧？」

輕聲說出的是這種話語。

眼睛所見、耳朵所聽、皮膚所感，大腦本應理解的事實……這一切都不像是真的。沒有真實感，難以置信。

正因如此，咲太希望這是夢，甚至認為不是夢才奇怪。無處可逃的現實，咲太只認為是一場夢。

明天早上醒來之後，這一切應該會變成沒發生過，否則就不合邏輯了。

對現在的咲太來說，這種想法還比較像是真的。

2

回過神來，西方天空變得火紅。稍微探頭的太陽即將吞沒冰冷黑暗的夜晚。

紅與黑複雜交錯的漸層與對比。在無神注視窗外的咲太眼中，戶外的景色彷彿世界末日。

「是這樣的話，也好……」

久久終於發出的聲音使咲太察覺自己的存在。他不記得自己直到剛才在做什麼。睡著了？還是一直醒著？返家之後的記憶飛到九霄雲外。

坐在地上的咲太腿上有東西，是三花貓那須野。咲太感受到軟綿綿的毛以及幾乎過熱的體溫。只有和那須野相觸的部分肌膚取回現實。

低頭與那須野四目相對，牠就輕輕叫了一聲。

牠在討飯吃。仔細想想，牠肯定從昨天就沒吃任何東西。

咲太試著起身，卻一陣踉蹌，連忙伸手抓住暖桌勉強免於摔倒。全身關節僵硬，看來一直維持相同的姿勢至今。

無法隨心所欲地使力。咲太和那須野一樣，從昨晚就沒進食，疏於補充水分的身體像是微微發燒般倦怠。

咲太緩緩從暖桌鬆手起身，那須野到腳邊磨蹭。為了回應牠的要求，咲太走向櫥櫃後方。從下方櫃子拿出乾飼料，倒在那須野的專用碗，倒了比平常多一點的量，跟著咲太過來的那須野立刻吃起乾糧。

咲太撫摸牠的背。軟綿綿的毛皮，手心傳來體溫。然而，僅止於此。咲太不認為現在撫摸那須野的觸感舒服，也沒被在冬季裡絕佳的這份溫暖吸引。

內心的針分毫未動。

胸口正中央變得空洞，什麼都感受不到。

只有空虛感茫然飄盪，咲太甚至不清楚這份感覺是不是己身的感受。

撫摸那須野的背一陣子之後，玄關方向好像傳來聲音。門鈴響了。

然而，身體沒反應。那須野代替咲太對鈴聲起反應，停止進食抬起頭。

「……門沒鎖。」

遠遠傳來某人的聲音。不，或許沒有很遠。這種判斷完全不準，而且咲太對於這種狀態的自己不在乎到無可救藥的程度。

「國見，再怎麼說也不能擅闖……」

「咲太～～！你在嗎？我進來嘍。」

如此告知之後，腳步聲接近了。一個大步行走的氣息，還有一個跟在後方的短促腳步聲。兩種腳步聲穿過短短的走廊，很快就出現在客廳。

「咲太。」

「梓川……」

一察覺蹲在那須野旁邊的咲太，兩個聲音幾乎同時叫他。兩個聲音都是熟悉的聲音。咲太有這種感覺。

咲太心不在焉地抬起頭，映入眼簾的是一男一女。個子高的男生是國見佑真，嬌小戴眼鏡的女生是雙葉理央。

兩人都是咲太的好朋友。

佑真一看到咲太，只在瞬間露出鬆一口氣的樣子，卻立刻轉為悲傷的表情，被難以自容的心情塗抹取代。

「怎麼了？」

咲太提出失焦的疑問。

「……車禍的消息，我們在新聞上看到了。」

回答的人是理央。

「我們擔心地打電話給你，打了好多次。」

佑真接著說。

「這樣啊。」

咲太看向家裡的電話，留言指示燈閃著紅光，顯示有語音留言。

剛才對訪客起反應的那須野若無其事地繼續吃飯。咲太從牠旁邊起身，走到電話前面。

按下閃著紅光的按鍵。

——您有四通新留言。

電話以機械式的語氣說明。

錄下第一通留言的時間是今天早上，七點三分。是咲太分居兩地的父親。他以平淡的語氣說自己看電視得知麻衣出車禍，擔心咲太的現狀。後方還不時傳來花楓的聲音，她不斷要求：「爸爸，快換我講。」

換花楓講電話了。

『哥哥，這是假的吧？不是真的吧……麻衣小姐居然發生那種事……』

花楓的聲音早早就哽咽了。感覺她還沒接受麻衣出車禍的事實，不過大概是說著說著心情追上理智，最後嚎啕大哭到聽不懂她在說什麼。吸著鼻水發出嗚咽，像耍賴的孩子一直哭泣。

不久，再度換成父親的聲音。

『咲太，聽到留言聯絡一下。怎樣都好，總之先聯絡。等你的電話。』

留言錄音發出斷訊聲停止。父親直到最後都沒問「沒事吧？」這個問題。不可能沒事，所以父親才沒問這個理所當然的問題吧。

第二通是上午十點十一分，來自理央的聯絡。

『梓川，你現在在哪裡？國見也在擔心，等等會去你家。』

留下的是壓抑情感的聲音。

第三通緊接在後……是佑真打來的。

『咲太？雙葉應該聯絡你了，總之我們會過去，有什麼就儘管說吧。發生什麼事的話，在那之前也沒關係，先聯絡一下吧。』

第四通留言在下午，兩點三十二分。

這次從揚聲器傳來的也是熟悉的聲音。是同校的一年級學妹，在打工地點也有往來的古賀朋繪。

『我是古賀。那個，學長……有什麼事請儘管說。憑我的能耐或許幫不上什麼忙……不過有什麼事請儘管說。』

朋繪逐漸無法壓抑情感的話語充滿了擔心咲太的心情，光聽聲音就知道她一直在忍住不哭。

『我會再打過來……願意的話請接我的電話。』

朋繪最後以鼻塞的聲音說完，結束留言。

——以上是所有新訊息。

留言播放完畢之後，客廳回復為一片死寂。

一直注視著電話的咲太再度按下按鍵。雖然只有四通留言，但他發現還有其他來電紀錄。總共約十通，一半是父親的號碼，其他是理央與佑真打來的。

「抱歉，讓你們擔心了。」

不是思考過的發言，也不是基於感動，是對現狀起反應，逕自脫口而出的話。

佑真稍微使勁抓住咲太的手臂。

「不准說傻話。走了。」

佑真用力地要將咲太拉往玄關方向。

「要去哪裡……？」

「車禍現場的照片與影片傳遍各大社群網站。」

佑真回答咲太的簡短疑問。

「有些也有拍到你……」

「這樣啊。」

即使嘴裡接受，大腦也沒有理解。內心聽到任何話都無感，也不試著思考。

「櫻島學姊……或許是在跟男友約會的時候出車禍，這件事傳得沸沸揚揚，還有人把你講得

像是元凶。」

佑真一臉沉痛地低頭，側臉看起來明顯感覺不耐煩。

「梓川，暫時住在我家吧。我想這裡會被媒體包圍。」

「……知道了。」

這次也不是正確理解理央的提議而回應。

只是沒有抗拒的能量罷了。

咲太完全喪失理解對方意見並否定的意志與氣力。

所以他選擇最輕鬆的手段，隨波逐流。

「可是，得聯絡花楓與古賀……」

勉強殘留的意識讓咲太說出這句話。

「古賀那邊由我聯絡。」

佑真說完，將手機抵在耳際。大概是立刻接通了吧。「啊，古賀學妹，我是國見……我正在咲太家。放心，咲太他在。嗯……」他專心地講電話。

後方的理央將那須野裝進外出籠，還從櫃子取出乾飼料袋，和那須野用的碗一起打包。

打包完畢之後……

「你的房間，我進去了喔。」

理央說完，不等咲太回應就進入他房間。經過一兩分鐘再度回到客廳時，提著裝有咲太更換衣物的托特包。

理央暑假期間借住在這個家，所以知道哪裡有什麼東西。

「路上再跟家人聯絡吧。」

和朋繪講完電話的佑真將手機收進口袋，扛起裝那須野的籠子與收齊貓用品的塑膠袋。

「好了，出發吧。」

佑真催促咲太前往玄關，咲太只像個傀儡跟著他走。

咲太穿好鞋子，確定門窗鎖好的理央追了過來。咲太將玄關大門也交給理央上鎖，和佑真離開住家。

天色已經暗了。

黑夜再度來臨。

3

「放心，我家人過完年才會回來。」

理央帶咲太回家的當天這麼說。

這番話說得沒錯，理央的父母過了好幾天都沒回家。

理央說任職於大學附設醫院的父親在醫院附近租房子住，代理海外品牌經營服飾店的母親正在橫越歐洲採購商品。

多虧如此，咲太待在理央家卻不必在意他人，這幾天得以渾渾噩噩地度過。

說到他唯一的作為，就是打電話聯絡父親與花楓。他依照身旁理央的吩咐，在電話裡告知自己沒事，現在因為住家周圍不安寧，建議花楓最好暫時待在爺爺奶奶家。

對此，父親與花楓到最後也接受了。

正如佑真與理央的擔憂，咲太離開住處的隔天，公寓前面就停了好幾輛採訪車。是佑真去確認的。

「看樣子，過完年還會持續一段時間。」

佑真來探望咲太時順便這麼說了。

咲太在寬敞客廳的一角，置身事外般聽他這麼說。窗邊的地毯上。咲太坐在那裡，不經意看著窗外……在那個時候以及在那之後，咲太自從來到理央家就一直坐在那個地方，從來沒變過。

甚至連何時入睡、何時清醒都沒有自覺。或許連一次都沒入睡，就只是在發呆，身體偶爾會對突然的動靜起反應。只有僅存的少許思考與意識偶爾取回自我，只在這短短的時間偶爾想起自己是叫作梓川咲太的人。

除此之外，感覺一直待在夢裡。在虛假的世界裡，大家忠實履行自己背負的職責，只有咲太偷懶地看著這一切。類似這種感覺。

咲太不覺得這是真的，因為這種世界絕對不應該是真的……

理央沒有勉強激勵這樣的咲太，沒有搭話要他振作，就只是不時隨口對他說幾句話。

——梓川，午餐想吃什麼？

——洗澡水放好了，你先洗吧。

——躺一下比較好。

——明天好像是好天氣。

無論咲太是否回應，理央的態度應該都沒變。眉頭都不皺一下，試著成為咲太的助力。

即使是最令人抗拒的職責，理央也完成了。

二十七日的夜晚。

「今天是守夜日……只限家屬。」

用完晚餐之後，理央一臉沉痛地說了。

「明天，會在東京的殯儀館舉辦告別式。」

「……」

咲太的回應沒有化為聲音，頂多只有肩膀有反應微微顫動。
「學校通知會準備接駁車。」
「……」
「我要和國見一起過去。」
「……」
「……梓川你呢？」
短暫的沉默是理央的躊躇。即使如此，她還是認為這是咲太必須做的事，所以沒有隱瞞，就算難以啟齒依然選擇告訴他。
「我……不用了。」
久久發出的聲音聽起來像是別人在講話，宛如機械語音不帶情感。
「說得也是。畢竟演藝圈應該也會有很多相關人士過去，還會有攝影機吧。」
咲太並不是在意這種事才說「不用了」。理央應該也知道。正因為知道，所以刻意講別的理由裝作不知道。她巧妙地避免碰觸核心。
「可是啊，梓川……」
理央說到一半，把話吞回去。
「不，沒事。」

「……」
「……」
即使如此，理央依然不發一語，站在咲太身旁好一陣子。
十二月二十八日。麻衣告別式當天的早晨是寒冷的陰天。薄薄的雲朵堆疊好幾層，拒絕陽光照耀大地。
中午過後，來接理央的佑真身穿制服，走出房間的理央也穿制服。雖然是熟悉的衣著，卻有點突兀，原因在於現在是寒假。不知道這種狀態下的咲太是否也有自覺到這一點。
「那個，梓川……」
出門之前，理央欲言又止。
「……」
不過，她在最後吞回話語，什麼都沒說，和昨晚相同。不同的是理央即使猶豫，依然再度開口說話：
「……梓川……」
咲太插嘴打斷：
「路上小心。」

咲太選擇的是送行的話語。他以封閉耳朵的心情吐出這句話。

「嗯。」

佑真簡短回應之後，和理央並肩離開。兩人逐漸遠離的背影使得咲太稍微感到安心。

看不見兩人之後，咲太關上玄關大門回到屋內，坐在客廳的老位置。

「……」

即使理央沒說出口，咲太也知道她想說什麼。雖然緩慢，但內心開始運作。流動的時間緩緩試著將咲太叫回現實世界，所以咲太也知道了理央吞回肚子裡的話是什麼。

——好好道別比較好。

理央大概是想這麼說。

話語成型之後，在腦中發出討厭的嘎吱聲。嘰嘰的摩擦聲。全身對這個聲音起反應，咲太有種體內血液逐漸變混濁的錯覺，喘不過氣以及侵蝕內心的不快感迎面撲來。

咲太像是要對抗般發出聲音：

「我不要這樣……！」

為了保護自己而大喊。

「我當然不願意啊！」

為了否定正確的建議，強行將進逼的情感往回推。縮起身體要保護自己，軀體拚命蜷縮想關進硬殼裡。

肩膀、背部、脖子、膝蓋都蜷縮變小，指尖也縮起來。縮過頭緊握的拳頭好痛，插入手心的指甲造成紅色的傷痕。

咲太就像這樣，試著熬過這股迎面撲來的不快心情，靜心承受等待結束的時間到來。就這樣維持幾分鐘，幾十分鐘……或許超過一小時。

喉頭發出不成聲的詭異呻吟。

「我……果然……」

還是出車禍死掉比較好。說到一半的話被突然闖入屋內的說話聲打斷。

『這裡是東京的殯儀館……』

聲音不大，如同在寧靜圖書館裡說話的小小聲音。

說話的是放在客廳的大電視。桌上的遙控器被那須野當玩具玩。

「不行啦……」

咲太從那須野那裡拿走遙控器，手指放在綠色按鍵想關掉電視。但咲太沒按下這個按鍵。按不下去。

因為，電視畫面映出他現在最想見的人……

『在午後下起的這場雨中，正在進行櫻島麻衣小姐的告別式。』

女播報員壓低聲音持續轉播時，攝影機捕捉到手捧遺照的麻衣母親。是曾經映在咲太眼中的麻衣身影……

正前方的獻花台已經擺放了無數花朵悼念。不知道叫什麼名字的白花。

鏡頭拉遠，拍攝告別式會場的全貌。會場寬敞卻沒有空隙，參加者井然有序，人數應該有數千人規模。

一名身穿喪服的男性走到獻花台前。那是咲太也認識的知名電影導演。

他以顫抖的聲音唸起悼詞。

『櫻島麻衣。不，麻衣小姐。即使這樣叫妳，妳也不會再掛著笑容回頭看我了吧。剛說完期待下次合作拍片而道別，再次見到妳卻是這種形式，我悔恨不已……回想起來，第一次見到妳的時候，妳才六歲……但妳已經具備演員的特質，我想我這輩子都不會忘記吧……』

說話不時哽咽，湧上來的淚水使得話語哽咽。已經迎接了耳順之年的花甲男性，喉嚨因為淚水而沙啞，唸完悼詞時淚流滿面。不想說出訣別的話——從他的表情清楚感受到這份心情。

不只是這位電影導演。

未曾預期的過早離別使得整個會場沉浸於困惑與悲傷中，其中沒有任何慰藉。隔著畫面也感受得到這股氣氛。

接著唸誦悼詞的，是在麻衣的童星時代一起在早晨連續劇飾演麻衣母親的資深女星。她站在麥克風前面就已經泣不成聲，無法好好唸悼詞。

此時，其他共事過的演員趕過來，扶住這名資深女星。眾人都流著淚向麻衣道別。

咲太抱持著欣賞電影般的心情看著這一幕。

這都是大銀幕上發生的事，和我無關。咲太頑固地試著如此認定。

好一段時間轉播告別式現場的電視畫面切換了，鏡頭轉到談話性節目的攝影棚。

四十多歲的男主持人看著螢幕上告別式的現況。旁邊有一名女助理播報員，擔任名嘴的文化工作者與前政治家也說不出話來般保持沉默。

男主持人代表眾人短短嘆氣，鏡頭捕捉到他眼角泛出的淚水。男主持人緩緩吸氣之後，終於看向鏡頭靜靜開口：

『應該有很多觀眾知道了，四天前的十二月二十四日，從童星時代就活躍於演藝圈的女星櫻島麻衣小姐車禍身亡。年紀輕輕，才十八歲就香消玉殞。』

旁邊的女助理接著說下去：

『我想各位觀眾都很清楚，櫻島麻衣小姐在早晨連續劇「九重」一炮而紅，精湛演技獲得讚賞，後來也演出多部電影與連續劇。』

『真的是家喻戶曉啊。』

男性來賓插話說完，女助理播報員回應「是的，一點都沒錯」並點了點頭。咲太後知後覺發

現這名女播報員是他認識的南条文香。她平常穿亮色系的服裝，今天卻是深藍色的套裝。
『從剛才轉播的告別式來看，也可以清楚知道她真的受到許多業界人士與影迷的喜愛。』
『真的是這樣沒錯。其實我為了錄另一個節目的外景，在麻衣小姐出車禍的前兩天和她一起去過電影片場所在的石川縣金澤市……』
接在文香後面這麼說的男主持人不自然地揚起視線不斷眨眼，按著眼角拚命忍受某種情緒。文香朝他使眼神，他輕聲回應「我沒事」勉強振作起來。
『不好意思，真的……她真的是個好女孩……今天我們要變更節目內容，在這裡為各位播放剛才所說另一個節目的外景影片，並且搭配櫻島麻衣小姐過去的精彩表現，敬請收看。』
男主持人示意開始之後，畫面暫時變黑。
接著緩緩變亮的影像是打響「櫻島麻衣」知名度的早晨連續劇精華片段。才六歲的麻衣露出甜美笑容。有點早熟的女孩，以大人也相形失色的存在感展露精湛演技。雖然囂張卻不討人厭。影片傳達了這樣的親切感。
在當紅的童星時代專訪，麻衣以不像小學生的沉穩態度回答大人的問題。主題是對於「全國媽媽們想收作自己女兒的童星排行榜」的訪問，麻衣被問到高票獲選第一名的感想，她半開玩笑地說「那我就絕對不能做壞事了耶」逗笑大人。
下一段影片的氣氛變了。

經過數年，麻衣成為國中生。臉蛋完全變得像大人，沒有童星時代的稚氣。

影片節錄自咲太也看過的恐怖電影。麻衣飾演洋溢虛幻氣息的神祕少女，令人印象深刻。

「那孩子光用眼睛就能笑喔。」導演在幕後花絮裡如此稱讚麻衣。

如他所說，麻衣只以登場時的眼神演技就擄獲觀眾的心。這是麻衣二度走紅的契機。

這是認識咲太之前的麻衣。對咲太來說，這是藝人「櫻島麻衣」時期的麻衣。

此外，影片提到麻衣從國中時代也擔任時尚雜誌的模特兒，首度出版的寫真集大賣。

後來突然宣布停止活動，震驚社會。

到了今年重啟演藝活動。

自從重啟演藝活動，在電視、電影、廣告以及模特兒界都公認她會比以往有更好的發展。

這樣的旁白告一段落之後，開始播放數天前剛拍好的麻衣影片。她在拍外景的石川縣金澤和曾經交流過的當地人重逢而開心不已。

『天啊，麻衣小妹，居然這麼快又見到妳了！』

迎接麻衣的是掌管茶館的福態大嬸，親切的笑容令人印象深刻。

『真的耶。一般來說都是配合電影上映，抱著有點懷念的心情訪問……明明殺青到現在還不到一個月。』

麻衣以淺顯易懂的說法消遣陪同的男主持人。

『不好意思。聽說麻衣小姐的行程可能只有這段時間有空，節目製作人員才趕快爭取這個檔期。』

男主持人面不改色地怪罪給節目製作人員。接著和麻衣一起進入茶館。平常會剪掉的移動片段也就這麼一刀未剪，甚至播放他們討論要坐哪個位子的過程。麻衣最自然的表情就在其中。她露出了最自然的笑容。

兩人終於決定座位，相對而坐。

『拍戲的時候經常光顧這裡嗎？』

『記得每週會來三次。』

『這麼常來？』

『導演愛吃甜食。他好像喜歡抹茶蜜豆冰，但因為不好意思一個人來吃，所以就邀我一起來。似乎是想假裝是陪我來吃的。』

麻衣開心地笑。

『多虧這樣，導演請我吃了好多次。』

『看來我們剛說完，店家就準備好甜點了。』

剛才的大嬸在麻衣與男主持人面前擺上抹茶蜜豆冰。麻衣的份是普通分量，男主持人的分量卻是拉麵碗那麼大。

『這是導演最愛的特大碗。』

男主持人嚇了一跳，麻衣惡作劇地這麼說。兩人一邊以湯匙享用一邊繼續交談。

『復出至今半年，有覺得哪裡和停止活動之前不一樣嗎？』

『我覺得現在的我比較可以快樂地享受每一份工作。』

『難道說，以前並不快樂？』

『不是這個意思。您一定是明知故問吧？以前我沒有享受的餘力，滿腦子都想拚命。』

麻衣說到這裡稍微思索。

『這部分應該已經解禁，所以我就說吧。因為不像現在這樣從容，我和當時擔任經紀人的母親幾乎每天吵架。不過現在我很感謝母親，因為託母親的福，我才能接到各種工作……得到認識許多人的機會。』

『這份謝意，您向母親表示過了嗎？』

『當面的話不方便說，所以這段請記得播喔。』

麻衣刻意看向鏡頭如此要求。

『這部分會和製作人商量……您剛才說到之前沒有餘力？』

『是的。』

『現在心情上比較從容，所以工作時也能樂在其中是嗎？』

『……』

面對拐彎抹角確認的男主持人，麻衣瞇細雙眼。但男主持人在這個時間點巧妙地移開視線。

不只如此，還刻意一臉裝傻的樣子。

『果然是因為那個嗎？有人在身邊扶持？』

他假惺惺地問。

『這件事造成各位莫大的困擾了。』

麻衣規規矩矩誇張地低下頭致歉。她在說男友見光而鬧出緋聞時的事。談話節目當然也熱烈討論。

『對我來說，這姑且也是工作所需，希望您諒解。』

『好的，我完全不在意啊。』

麻衣明顯假笑這麼說。

一般來說，這個話題應該會到此為止。大多會懾於麻衣的魄力，鮮少能繼續追問。

即使如此，男主持人還是深入問下去：

『實際上，有了這種對象之後，您的心境有什麼變化嗎？』

他的膽子應該很大。

『反倒是這部分比較沒有餘力。』

還以為麻衣會隨便帶過，她卻似乎回答得很老實。

『請問這是什麼意思？』

『就是字面上的意思。記得我在記者會上也說過，這是我的第一次……所以我在各方面沒什麼自信。』

『咦？可是，以麻衣小姐的本事，對方也是任您擺布吧？』

『您把我當成什麼人了？』

『因為不只是演技好，實際見面會覺得您比電視上漂亮，傳聞中的男友也自然會對您百依百順吧？這是我以及大眾普遍的想法。』

『哎，他確實百依百順就是了。』

『果然。』

『不過，我想應該是我喜歡上他的喔。』

麻衣過於自然地說出這句話，說完之後臉有點紅。

『咦？』

嚇一跳的男主持人差點噴出茶。雖然勉強忍住，還是大聲咳嗽。

麻衣起身繞到對面座位輕拍他的背。等到他終於不再咳之後，麻衣像是想起什麼看向鏡頭。

『啊，這段也請記得播喔。』

她說完嫣然一笑。製作人大概就在攝影師後方。
畫面上播映的麻衣笑容。
真實日常的笑臉就在那裡。
影片就此結束，逐漸轉白。
染成一片雪白。
——願妳一路好走。
打出這句字幕時，畫面暗了。
和關掉電視時差不多的漆黑畫面。
液晶螢幕上映出一張哭泣的臉。
不是節目裡的人。
也不是進廣告。
畫面依然漆黑。
不過，映出一張熟悉的臉孔。
會熟悉也是理所當然的。
因為那張臉是坐在電視前面的咲太……
雙眼眼角流出的淚水沿著臉頰滑落。

無聲無息，靜靜流出。

咲太出車禍之後隨即被送進醫院，得知手術結果的時候沒流淚。被麻衣的母親責罵時、聽到和香的悲嘆時，同樣連一滴淚都沒流。變成孤單一人之後，咲太同樣沒哭。哭不出來。

在那之後經過四天，某種情緒終於撼動內心。

追上來了。

麻衣一如往常的言行舉止讓咲太知道了。這是一去不復返，無可取代的東西。

所以至今不去正視的這份情感令咲太察覺了。

——我們已經盡力了……但是很遺憾。

其實聽醫生說這句話的時候就知道了。從那時候就一直存在於咲太內心的東西，本應早就察覺的粗暴情感。

我知道這傢伙叫什麼名字。

咲太知道。

大家都知道。

只要是人類都知道。

這是叫作「悲傷」的情緒。

這傢伙如今緩緩起身，想擋在咲太面前。

以往一直視而不見的這傢伙，伸出手要吞噬咲太。
所以，咲太放聲大喊：
「你不要過來！」
咲太匆忙起身移開視線，摀住耳朵不聽聲音。就算這樣還不夠，因此他猛踩地毯奔跑。離開客廳，穿過走廊，跌跌撞撞地穿上鞋子，衝出玄關。
不能面對悲傷，不能承認那傢伙的存在，也不可以對抗。
要是這麼做就等於承認麻衣的死。咲太否定悲傷的存在，藉以試著否定麻衣出車禍的事實，拒絕她死亡的事實。
所以，他全力奔跑。
全力跑過理央家門外延續的住宅區。
道路角落還留著集中起來的雪堆。
那天下的雪。
雪的存在再度喚醒車禍瞬間的記憶，狠狠搔抓咲太的胸口。
咲太發出不成句的呻吟。
總之不斷奔跑，藉此揮去淚水，扔下悲傷。
即使氣喘吁吁……

即使肺部哀號……

即使雙腿踉蹌……

咲太也繼續全力奔跑。

要是被悲傷追上就完了。

要是被逮到，到時候就真的完全失去麻衣了。

這樣的認定持續推動著咲太。

只要自己不承認死亡，麻衣就活著。

咲太想如此認為。

希望如此。

唯一的路就是依賴幻想。咲太只剩下這種東西了，所以即使是這種東西也要好好守護。

可是他知道，實際上並不是如此。

正因為早就知道，所以非得堅持否定不可。

正因為早就知道，所以咲太逃走了。

腳絆到沙子，咲太整個人往前撲倒。沙灘溫柔地承受他的身體。

咲太不記得自己是以何種方式跑到了哪裡，但他聽到熟悉的波濤聲，聞到熟悉的潮水味，感受到熟悉的海風。

睜開眼睛一看，眼前是看慣的七里濱大海。

和麻衣並肩走過的沙灘。對咲太來說，這是日常的風景，也是充滿回憶的地方。

「……」

本應克制的淚水再度滿溢而出。

明明必須逃跑，卻已經沒有氣力起身，也沒有體力。就只是難受地大口喘氣，呼吸遲遲無法平復。

悲慘、丟臉，就只是感到悲傷。

「……救救她啊。」

從體內擠出的是無從偽裝的赤裸情感。

「誰都好……」

身體冷到發抖。十二月也要結束的這個季節，海風又冰又冷。咲太拿學校運動服當居家服穿，海風毫不留情地吹向只穿著單薄衣物就衝出來的咲太身體。

「救救麻衣小姐啊！」

即使如此，咲太也沒察覺寒意，朝著大海哀嘆。

「拜託！」

他懇求著。

「救救她啊！」
宣洩最真實的想法。
「怎樣都好，救救麻衣小姐……救救她啊……拜託，算我求你……」
然而，沒有任何人願意回應。不可能回應。
「救救她啊……救救她……拜託……可以嗎？」
明知如此，依然只能吐露這個願望。
這是現在咲太唯一能做的事……
「任何事……我願意做任何事，所以！把麻衣小姐還給我！」
追上來的悲傷從咲太背後壓上來，將他拖入只有黑暗的漩渦，逐漸壓垮他的心。
已經什麼都做不了了。咲太感覺到自己正逐漸毀壞。
只剩下渣滓。
曾經是「咲太」的渣滓。
看不見希望之光。
只看見絕望。
連這份絕望都逐漸看不見。
即使如此，依然只聽到唯一的聲音。

踩踏沙子的腳步聲。

接近過來的雙腳停在咲太面前。

「咲太小弟，請站起來。」

對方投以溫柔的聲音。

「……」

剛開始，振動耳膜的這個聲音令咲太起疑。

「拯救麻衣小姐，是咲太小弟的職責喔。」

咲太認為這是不可能的。

「不是嗎？」

令人匪夷所思。不可能有這種事。

然而，咲太的潛意識很老實，即使連抬頭的力氣都沒了，依然讓他往上看。

映入他眼簾的是穿著寬鬆服裝的身影。

迎接他的是溫柔的笑容。

「為什麼……」

不帶情感的聲音被海風帶走。

「為什麼……翔子小姐會在這裡？」

不明就裡。雖然不明就裡，身體卻忍不住顫抖。不是因為冷，也不是因為悔恨。大翔子在咲太的面前。這唯一的事實令全身因為喜悅而顫抖，本應止住的淚水再度奪眶而出。

「原來如此。咲太小弟還不知道啊？」

「究竟……發生什麼事……」

小翔子要戰勝病魔，心臟移植手術是不可或缺的。但是，本應成為捐贈者的咲太沒遭遇意外，翔子因而失去未來。咲太明明是這麼認為的……翔子卻在他面前，確實存在於這裡。

「我的這裡……」

翔子將雙手疊在自己胸前，溫柔的眼神彷彿包覆著很重要的寶物。

「有麻衣小姐的心臟。」

「！」

「雖然沒公開，不過那天……出車禍的麻衣小姐偶然成為我的捐贈者。」

「麻衣小姐她……」

「是的。」

「麻衣小姐……也寫了器捐同意卡……」

「是的。」

翔子微微點頭。

「可是，那麼，未來改變之後……」

原本應該是咲太的心臟會移植給翔子。

「……」

翔子沒回答。應該是無法回答。既然位於這裡的是接受麻衣心臟移植的翔子，那麼這個翔子步上的人生就和之前咲太所遇見，接受咲太心臟移植的翔子不同。

可以把她視為咲太認識的翔子嗎？然而在確認這件事之前，翔子就說出驚人之語。

「走吧。去救麻衣小姐。」

「……要去哪裡？」

「當然是回到過去。」

「這種事……」

不可能做得到。

「做得到喔。」

咲太還沒說完，翔子就這麼回應，筆直注視咲太。

「你面前的人是誰呢？」

翔子打趣般露出笑容也是在所難免。真的正如翔子所說，翔子的存在剛好推翻「不可能回到過去」的論點。翔子的存在就是肯定翔子這番話的鐵證。

「放心，請交給我吧。」

翔子露出像是想到最高明惡作劇的表情，朝咲太伸出手。

咲太搖頭回應。

他以自己的力量起身。

「這才是我認識的你。」

咲太用力拭淚。

「那麼，請跟我來。」

翔子看著這樣的咲太，露出滿意的笑容踏出腳步。

4

咲太想問突然出現的翔子一些問題。

應該有問題想問。

然而，咲太想化為言語說出來時卻什麼都說不出口。

「……」

咲太就這麼說不出任何話，目不轉睛地注視走在前方的翔子背影。

在七里濱沙灘走數分鐘後，翔子離開海岸線走上階梯。咲太默默跟著她，來到沿海延伸的134號國道。

按下自助式紅綠燈等待一段時間。藤澤方向以及鎌倉方向各有數量相近的車輛行駛過來，經過咲太與翔子面前。

燈號從紅轉綠。翔子先踏出腳步，咲太隨後跟上。大概差了三步。

「可以去一下便利商店嗎？」

如此詢問的翔子已經走向商店了。咲太在外面等待不到一分鐘，翔子就提著塑膠袋出來。

後來沿著平緩的坡道往上，穿過一座單線電車的平交道。

「就是這裡。」

翔子看向位於深處的大型建築物。

「……」

跟著停下腳步的咲太也看見相同的建築物。是他熟悉的光景。

這也是當然的。咲太與翔子所站的地方，是咲太就讀的學校——縣立峰原高中的校門口。

「嘿咻……」

翔子無視佇立的咲太，以全身使力推開校門。

開出只夠一人通過的小小縫隙。

「那麼，我們進去吧。」

翔子說完，毫不內疚地進入校區。

「……」

咲太沒能制止，跟在翔子身後。

「不用擔心，沒問題的。」

「……」

「今天是麻衣小姐的告別式……所以學校完全沒人。」

翔子精神抖擻地回答沒人問的這個問題。

「就算有人發現，咲太小弟是這裡的學生，我也是校友，所以同樣沒問題。」

這次她充滿自信說出這種話。

聽翔子這麼說，她應該是報考峰原高中吧。而且順利入學，總有一天會從這裡畢業。不過這都是還沒發生的未來事件。

要是當成被別人發現時的藉口，肯定更令人起疑。

明明翔子應該也知道這種事，從她穩健的腳步卻感覺不到迷惘。翔子只看著前方，以校內某處為目標。咲太猜不到她要去哪裡，但是走了不久就知道是在校舍內部。

翔子往操場方向繞過去，從戶外打開物理實驗室的窗戶，很乾脆地入侵校舍。是之前理央告訴咲太的那扇不好上鎖的窗戶。

脫下鞋子拿在手上，走在空無一人的走廊上。

陰暗的走廊。

從外頭射進路燈的微弱光線。火災警鈴的紅色燈光在陰暗中燦爛閃亮。

令人有點毛骨悚然，有點超脫現實的光景。每天就讀的學校走廊感覺像是陌生的場所。來到這裡的途中，一直走在咲太前方的翔子背影更增添了這種感覺。

彷彿還在半夢半醒之間。

內心某處的自己不相信眼前的翔子真實存在。

然而，咲太大腦的另一半理解到這是現實。

只有心情慢半拍，導致認知與情感產生誤差。換算成距離約三步。這也是現在咲太與翔子之間的距離。

想縮短距離立即可以縮短，要追上緩緩前進的翔子與她並肩行走並非難事。

即使如此，咲太也沒這麼做。無法這麼做。

「……」

咲太依然擔心翔子會在他一個不注意的時候消失。

因此咲太配合腳步寬度，走在翔子身後。不斷行走。

兩人重疊的腳步聲正要前往何處？咲太不得而知。他只是跟在翔子背後前進，像是童話裡被吹笛手引導的孩童。

不過，這段時間也沒有持續太久。

咲太停下腳步。這似乎是咲太的意願，卻不是咲太的意願。走在前方的翔子停下腳步，所以咲太也停下來了。

「咲太小弟。」

轉過身來的翔子似乎有所不滿。

「什麼事？」

「你為什麼走在我後面？」

「因為翔子小姐妳要我跟妳走。」

咲太的說法使得翔子深深嘆氣。

「如果是平常的你，我就可以當成玩笑話帶過，但你是認真這麼說的吧？」

她的眼神委婉地激勵咲太「請振作一點」。

「我還是覺得像在作夢。」

咲太說夢話般輕聲辯解。

「……」

「翔子小姐，妳真的在這裡吧？」

並不是懷疑自己看見的翔子是否存在，並不是不相信，只是無論如何都無法心安。或許一個不小心就會消失……咲太無法拭去這樣的不安。這種模糊的不安刺痛胸口。因為咲太得知了寶物從指縫溜走的現實……對於「失去」的恐懼，使得咲太變得膽小。

「我看起來像是幻影之類的嗎？」

「……稱不上完全不像。」

「我知道了。」

翔子究竟知道了什麼？咲太不知道。

「那麼，請。」

翔子說著張開雙手。

「請確認我就在這裡。」

「……」

咲太就這麼默默走近一步、兩步，非常自然地緊抱翔子。

「！」

翔子回以無言的驚訝。咲太沒有餘力對此做出反應，胸口傳來翔子的存在。雙臂感受到的嬌

柔軀體，不只是腰，連背都好細。不是碰觸就會消失的海市蜃樓，懷裡感覺到重量，具備確實的存在感與充實感，一旦抱住就再也不想放手。

「不可以把玩笑話當真啦。」

翔子有些難受地在咲太懷裡低語。

「現在的我開不起玩笑。」

接著，咲太感受到翔子的體溫，肌膚的柔軟與溫暖也傳過來了。還有規律重複的確實心跳聲……從麻衣那裡繼承的生命心跳聲。

「居然開不起玩笑，這樣一點都不像你喔。」

「這也是我。」

「這樣我會很為難。」

「……」

「咲太小弟，你接下來要做什麼？」

翔子以正經的音調問了。

「去救麻衣小姐……」

「答錯了。」

咲太還沒說完，翔子就清楚地斷言。

「哪裡答錯？」

被判定不合格的身體反射性地使力。

「喂，咲太小弟，再繼續用力抱下去就是花心嘍。」

聽到翔子像在教訓孩童一樣這麼說，咲太放鬆手臂，就這麼放開翔子，後退一步。

「哪裡答錯？」

咲太帶著鬧彆扭的小孩般的表情再度詢問。

完全沒錯。要拯救麻衣。為了達成這個目的，完成這份職責，咲太跟著翔子來到這裡。

「完全不行。不行不行。」

「既然我答錯，那正確答案是什麼？」

聲音帶著些許熱度，或許死亡的情感正逐漸回復為原來的樣貌。自己的體內還沉眠著活生生的情感，令咲太頗為驚訝。但現在不是沉浸在這種情緒裡的時候。

「咲太小弟。」

「……」

「你啊，接下來要去見你最喜歡的人。」

「……！」

「要去讓你最喜歡的人幸福。」

「……」

咲太發不出聲音，驚訝也立刻消失。剩下的是如同海綿吸水，緩緩滲入體內的某個理解。

「連玩笑都開不起的咲太小弟，能夠讓麻衣小姐幸福嗎？」

「……」

咲太只能保持沉默，因為翔子的話切入本質。

「拯救麻衣」真正的意思。咲太真正想做的事，並不是拯救她的生命就完畢。咲太從今以後、直到很久之後都想實現的願望，翔子以孩子都聽得懂的簡單話語告訴他。

為此，現在不應該受困於一時的焦躁。現在不是該被不安驅使的時候，重要的是讓內心維持從容，好整以暇應付任何可能發生的事。

這種事不像說的一樣簡單。一點都不簡單，但應該也不能斷言做不到或不可能。咲太知道某人一直以來都掛著笑容做到這種不簡單的事情。

這個人正是面前的翔子。

道路再坎坷，有志者事竟成。翔子證明了這一點。翔子那彷彿能包容他人的笑容至今救了咲太好多次，現在也是。

知道這件事的咲太說不出自己做不到，他也不打算這麼說。

「翔子小姐真的很了不起。」

咲太抱著感謝之意，試著露出笑容回報這份心意，但果然無法好好展露笑容，臉頰這幾天硬得像是乾燥的水泥塊。

看到咲太這張臉的翔子看似覺得有點逗趣地笑了。

「算你勉強合格吧。」

但她依然這麼說。

「給分真是放水耶。」

「我很寵你喔。你不知道嗎？」

「知道喔。妳從認識我的時候就是這樣。」

對此，翔子有些含糊地笑了。大概是因為咲太說的「翔子」和這裡的「翔子」是走上不同未來的不同存在吧。看到翔子的反應，咲太重新體認到未來真的改變了，沉重地體認到今後將是麻衣不存在的未來。不過，這份痛楚有時候也會成為原動力。

「所以，我要跟妳走到哪裡？」

「已經到了喔。」

翔子說完，仰望寫著「保健室」的門牌。

保健室也理所當然地空無一人。

沒開日光燈的室內，只能依賴行經１３４號國道的車輛大燈、周圍的路燈或民宅燈火，以及微弱的月光照明。

「為什麼要來保健室……？」

咲太問了。翔子一進保健室就像探險般繞室內一圈，窺探收藏藥品的玻璃櫃。

「接下來要做的事情，需要用到床。」

「……」

「啊，你在胡思亂想？」

移動到床邊的翔子帶著惡作劇般的表情轉過身來。

「我現在沒那種心情。」

「真冷淡耶～～」

翔子以假惺惺的語氣說完坐在床上。她在邊桌擺上剛才在便利商店買的寶特瓶裝與罐裝飲料，同時拿出紙杯準備兩人份的飲料。

然後，她朝著佇立在保健室中央的咲太招手，輕拍幾下床緣要他坐下。

「妳該不會要說床是時光機吧？」

咲太乖乖地坐在翔子身旁。

「這種說法，終於像你平常的樣子了。」

翔子愉快地笑了。

「不過很遺憾，沒有時光機。」

翔子遞出紙杯。咲太剛才狂奔又大哭，當然渴了。他一接過飲料就一口氣灌入喉嚨。這一瞬間，陌生的熱度隨著梅子的味道刺激食道。

「唔？翔子小姐，這是……？」

「大人的梅子汽水。」

翔子笑著含糊帶過，將空罐藏進便利商店購物袋裡。咲太也懶得特地追究。說起來，都已經喝了，在這個狀況下還是當成小小的惡作劇就好。咲太有其他必須思考的事，也有非得問翔子不可的事。心情稍微平復了，差不多該進入正題才行。

「我要怎麼前往過去？」

無論要做什麼，都得先解決這個問題。沒到過去就無法拯救麻衣，也不能讓麻衣幸福。

「『過去』總是就在身邊喔。」

「……」

「像是這附近、那附近……吧？」

翔子指著自己周圍的動作感覺也有點籠統。不過咲太先前聽理央說過類似的事，所以沒有指摘的打算。

「不過總是看不見，也摸不到。」
「我完全看得見翔子小姐，也摸到了。」
翔子完全將咲太的指摘當成耳邊風，繼續說下去：
「因為人們一直都是只為了認知『現在』就沒有餘力，不知道『過去』與『未來』就位於這附近，或是那附近。」
「……」
「要看見不知道的東西是很困難的一件事。」
翔子就在做這件困難的事，而且真的是做了好幾次……
「不過，咲太小弟已經知道了吧？知道『過去』與『未來』就位於這附近或那附近，也知道我來自未來。」
是的，咲太知道。咲太全部知道。然而光是知道，也不代表可以穿越時空吧？這麼說就變成任何人只要知道就都做得到了。
「現在說的只限定翔子小姐做得到吧？因為是思春期症候群造成的。」
一切都是基於這個前提才成立。
因為否定未來，所以諷刺地先抵達未來。這就是翔子的思春期症候群。不想長大成人的心願，拖慢眼中世界的速度。不過以相對的角度來看，動得愈快，時間的流速愈慢，導致「不想長大成人的翔子」比「想長大成人的翔子」先長大成人。

「說得也是。我認為沒錯。不過，如果是這樣，不覺得我位於這裡很奇怪嗎？」

「奇怪？」

「小時候的我之所以發生思春期症候群，是因為對未來抱持不安。因為我的身體如果沒接受心臟移植手術，就無法長大成人。」

注視咲太的翔子雙眼訴說著某些事。

「難道說，這個時代的翔子小姐……也就是牧之原小妹，在今天這個時間點已經在接受移植手術了？」

正如翔子所說，如果真是如此，未來的翔子位於這裡很奇怪。

「是的，正在接受手術。」

翔子以眼神深表肯定，像是要讓咲太接受般緩緩表示……

「手術完畢的我，是在十二月二十七日的早晨清醒。」

「……」

不必看時鐘確認，今天是隔天的十二月二十八日，時間早就進入傍晚。換句話說，小翔子一直對未來懷抱的不安，應該因為心臟移植手術成功而消除了。這麼一來，思春期症候群發作的原因本身已經從翔子內心根除。

「那麼，為什麼翔子小姐會在這裡？」

如果小翔子沒引發思春期症候群，大翔子就無法存在。但她存在於這裡。

「應該是因為……我與你所在的『現在』，是『未來』。」

「……」

咲太無法立刻理解這番話的意思。

「現在，我與你所在的這裡，是『未來』。」

翔子再度說出這個詞，「未來」……

「我像這樣和你交談的這一瞬間，不是『現在』。」

「怎麼可能……」

「而且咲太小弟，這是你造成的。」

咲太還來不及理解，翔子就說出驚人之語。

「……翔子小姐，妳在說什麼……」

咲太以為這是惡質的玩笑。但是從翔子正經的表情絲毫看不見胡鬧的情緒。她筆直注視咲太，溫柔訴說：

「你心裡有底嗎？」

「這種事……」

咲太原本想回答「沒有」，應該可以抱持自信這麼說。但咲太說不出口，或許是因為內心某處察覺端倪了吧。

「咲太小弟，你是不是和小時候的我一樣，拒絕過未來？」

咲太只想到一個可能性。翔子緩緩將他引導到這個方向。

而且，前進的路線盡頭是答案之光。

遙遠的另一頭。

內心深處。

定睛注視，輪廓就逐漸變得鮮明。

確實存在。

拒絕未來的瞬間……確實存在。

咲太曾經強烈抗拒。

就是那時候……

得知自己的心臟被移植到大翔子體內的時候……

這件事被麻衣知道……

——希望咲太選擇與我的未來。

她對咲太這麼說的那一瞬間……

——求求你……一直陪在我身邊。

麻衣在車站月臺上崩潰哭泣的時候也是。

——我想活下去。

對大翔子表明內心無法處理的情感漩渦時也是。

決定命運的十二月二十四日，咲太曾經希望永遠不要來。一方面認為必須好好給個答案，另一方面更是努力對抗著內心膨脹的消極情感。不想做出選擇而一味作亂的這份情感，咲太試著面對，自以為已經面對……但還是沒有面對。

而且假設在這一瞬間，咲太和翔子一樣思春期症候群發作……

「……」

「看來你心裡有底。」

「……」

咲太沒能回應，因為僅存的理性抗拒揭露最真實的自己。

「我知道你不想承認，但是必須好好承認才行喔。要承認心中拒絕未來的懦弱的自己。」

「翔子小姐……」

「承認現在是『未來』的第一步，就是要相信這份懦弱。如果這裡是『未來』，那麼你也可以前往『現在』，也可以拯救麻衣小姐。」

「……」

咲太靜靜深呼吸。

低頭看著見底的紙杯裡。

承認懦弱的自己。

像這樣在腦中複誦，咲太就像洩氣般笑了。

「咲太小弟？」

「這種事易如反掌喔。」

這不是逞強，也不是說謊或開玩笑，咲太由衷這麼想。他可以輕易找到這樣的自己，可以想像如同緊貼在紙杯底部的自己。

「在那個狀況下，我不可能泰然面對。只要認定當時已經出了問題，我就完全可以接受。」

對咲太來說，這麼想比較實際。因為他認為當時自己的表現比想像的更好……若有人說其實當時表現得不好，咲太甚至會冒出鬆一口氣的心情。

「咲太小弟的這一面真的很了不起耶。」

「我不想聽翔子小姐這麼說。」

咲太微微笑了。

「不過，要怎麼前往『現在』？」

「咲太小弟內心的常識相信現在所見的事物是『現在』。只要維持這個狀態，你就無法前往位於這附近或那附近的其他時空。」

「那麼……是要我跳脫常識？」

「只要將你心中試圖認知『現在』的常理思考切除就行了。」

「聽起來很像雙葉會說的話耶。」

「當然啊，因為這都是從雙葉小姐那裡現學現賣的。」

翔子洋洋得意地挺胸。

「我請未來的雙葉小姐提出假說。」

「那個傢伙，即使在未來也接受思春期症候群的諮商啊？」

這個事實聽起來莫名好笑，好笑得令人愛憐。

「所以，要怎麼從我內心切除這種常理思考？」

咲太認為這種常理思考就是無自覺、下意識地黏在身上的東西，要改變心態扭曲這一類的東西應該不簡單。何況要相信這附近或那附近存在著「過去」與「未來」，真的很難以常理思考。應該說，咲太只認為是不可能的任務。

「我從一開始就回答了喔。」

翔子壞心眼地這麼說，像是要咲太自己思考。咲太認為她說的「一開始」應該是進入保健室之後的事，在那之前沒提過這種話題。

一開始，翔子說了什麼？咲太思考片刻。

「……」

依然遲鈍的大腦得出一個答案——開玩笑般說的那句話。

「……難道是要我睡覺？」

「答對了。因為人只有在夢中可以拋棄常識。」

「所以才來保健室啊。」

咲太轉身看向自己坐的床。校內只有這裡有床。

「可是啊，翔子小姐……」

「禁止說『可是』。」

翔子豎起食指，裝模作樣地警告咲太。

咲太微微搖頭回應，繼續說下去：

「假設我成功前往過去……」

若是咲太救了麻衣，翔子就很可能會失去未來。麻衣代替咲太成為了器官捐贈者，應該是天文數字機率的偶然。在咲太拯救麻衣避免事故，咲太自己也平安無事的未來，翔子真的能夠活下去嗎？

咲太想把這個問題說完，卻只說到這裡。翔子不讓他說。她伸出右手捏咲太的臉。

「也禁止說『假設』。」

「……」

「講這種喪氣話做什麼？」

翔子的語氣像是在責備，還微微噘嘴。但咲太注視的是另一個東西。翔子伸向他臉頰的左手無名指有個發光的物體。樸素設計的銀色戒指。這東西映入咲太眼簾，吸引他的注意力。

「啊……」

察覺咲太視線的翔子收回捏著他臉頰的左手。她以右手遮掩，指尖觸摸戒指，轉動戒指確定觸感。

以往出現在咲太面前的大翔子沒戴戒指。這個翔子來自咲太活著的未來，而且戴著戒指。咲太知道這代表什麼意思。雖說是理所當然，但是只要現在改變，未來就會改變。就像位於這裡的翔子不是接受咲太的心臟移植，而是麻衣的心臟……

「那枚戒指……」

「我如願在學生時代結婚了。」

翔子像在掩飾害羞地微笑。這張笑容傳達她那春日暖陽般的幸福心情。然而咲太也從翔子的表情發現一絲落寞。

「咲太小弟，我啊……」
翔子回復為溫和的表情，注視遠方的大海。
「我希望最喜歡的人能夠幸福。希望他永保笑容，即使那張笑容不屬於我。」
「翔子小姐……」
咲太叫翔子的名字，她隨即看向咲太，甜美地微笑。
「我非常難纏。」
「……」
「只要你還沒變得幸福，無論多少次，我都會從各種不同的未來回來幫你。」
翔子惡作劇般的笑容底下藏著堅定的決心，言語與態度透露出心理層面的堅強。
「所以請你死心，讓自己變得幸福吧。」
這種說法好過分，但咲太也同時認為這很像「翔子小姐」的作風。
「……」
「……」
戶外傳來行駛在１３４號國道上的車輛聲音，填滿短暫的沉默。雖然在平常的校園生活不會注意到，但因為沒有別的聲音，咲太的注意力只跟著車聲跑。
「翔子小姐。」

咲太懷抱某個決心，叫著她的名字。

「咲太小弟，什麼事？」

翔子給了一個恰到好處的緩衝，所以咲太說下去的時候毫不猶豫。

「我要讓麻衣小姐幸福。」

他如此自然地對翔子說。

「好的。只要是你就做得到喔。」

「……」

「只有你做得到。」

「所以，我一定要向妳說一件事。」

「……」

翔子在這時候默默搖頭，以眼神示意咲太不用說。咲太不能心軟接受這份關懷。

這是他透過翔子的話語有所自覺的事。

理解箇中意義之後決定的事。

下定決心的這件事，一定要好好告訴當事人翔子。

即使能夠回到過去，也只有時間倒回。或許可以避免麻衣出車禍，但是這麼一來就沒有捐贈者提供心臟給翔子。

為了讓麻衣幸福，咲太也不能出車禍。他失去麻衣之後體認到重要的人離開人世是多麼悲傷的事……

咲太不想讓麻衣經歷這種事。

所以，他非說不可。

「我希望翔子小姐活下去。」

咲太沉穩的聲音逐漸封閉保健室。

「如果牧之原小妹能接受心臟移植手術該有多好。我由衷這麼認為。」

「嗯。」

「我這麼希望。」

一字一句，緩緩訴說。

「這麼祈禱。」

逐一傳達自己的心意。

「我知道的。」

「可是，我不是醫生。」

「……」

「也沒有特殊能力。」

「……」

「是隨處可見的平凡高中生。」

「你的臉皮比平凡高中生厚得多喔。」

翔子這句話引發小小的笑聲，貼心關懷彼此般的笑聲。咲太收起笑聲之後，繼續說出重要的話語，像是要讓自己所有的心意化為實體。

「我啊，光是讓麻衣小姐一個人幸福就沒有餘力了。」

「……」

「而且連這個願望也沒能好好實現……」

湧上心頭的情緒導致咲太語塞，眼淚差點奪眶而出。但是不能在翔子面前掉淚。如此心想的咲太拚命忍耐，抬頭等待鼻腔深處的刺激緩解。

「所以……」

以這種方式撐了整整十秒之後，他再度開口。

「所以，翔子小姐……」

「嗯。」

「我沒辦法為妳做任何事。」

最後這句話，咲太筆直注視著翔子的雙眼說出口。

這是咲太選擇的路。

或許有人會說這個選擇自私又任性。

或許有人會批判這是錯誤的選擇。

或許有人會臭罵這是差勁透頂的做人方式。

即使如此，咲太也認為這樣就好。

即使自私又任性、即使錯誤，即使差勁透頂也沒關係。怎樣都無妨。

只要能讓麻衣幸福，咲太甘願承受一切。

「咲太小弟，這樣就好喔。」

翔子一如往常露出笑容。然而只有這張笑容和往常不同。淚河濕透這張完美的笑容。

「……翔子小姐？」

「咦……？」

大概是從咲太的反應察覺了吧。

「為什麼……我……」

翔子以手指拭淚。

「明明……已經這麼決定了……」

「……」

「聽你當面這麼說……身體好像嚇了一跳。」

即使對於止不住的淚水感到困惑，翔子依然說出這種藉口。她反覆說著「我沒事」，希望咲太不要在意。實際上，翔子的表情沒有染上悲傷。遲遲止不住的淚水使她露出有點害羞的表情。

翔子為了咲太而逞強。咲太想對這樣的她說一些話，也想表達某些心意。

「……」

但他只是欲言又止，到最後什麼都沒說。

再也無法為翔子做任何事了。

先前才這麼說了。說這句話的人是咲太，所以咲太將「謝謝」與「對不起」都吞回肚子裡，靜心守護翔子直到她心情平復。

月光照亮翔子拭淚的手指。

銀色的戒指在她左手無名指上閃閃發亮。

「請讓我說一件事就好。」

咲太說出原本想忍住的話。

「什麼事？」

「希望翔子小姐回到未來之後，對未來的我這麼說。」

「……」

「『聽好了，你要讓可愛的新娘成為全世界最幸福的人』。」

「……！」

一瞬間，翔子驚訝地睜大雙眼。這個反應將所有真相告訴咲太了。咲太的推測應該是正確的，位於這裡的翔子不是牧之原翔子，是梓川翔子。

「……好的。我一定會轉告。」

翔子破涕為笑，露出溫柔的微笑。這一笑使得豆大的淚珠一顆顆滑落。翔子沒伸手拭淚，因為這肯定是開心所流下的淚水……

翔子從床邊起身。

「咲太小弟，該躺下了。」

要回溯時間，就必須拋棄常識，常識只能在夢中拋棄。咲太剛聽過這樣的說明。

「從那天之後，我就不太清楚自己是睡還是醒。」

不知道自己是否能好好睡著。

「我很……擔心……」

咲太才這麼說就打了一個大呵欠。

總覺得眼皮也很重。

「沒問題的。」

咲太仰望站在身旁的翔子。

「為什麼……這麼講……」

視野中的翔子輪廓變得模糊。咲太自覺口齒也變得不清。這感覺不尋常。

「也不用擔心任何事。」

聲音聽起來像是來自遠方。明明就在身邊，聽起來卻好遙遠。

「翔子小姐……？」

「因為我確實動過手腳了。」

翔子拿著一小瓶安眠藥。

「啊啊，原來如此……說得也是……」

視野逐漸朦朧，變暗下沉。

「咲太小弟，晚安。」

之前也發生過這樣的事……如此心想的咲太意識逐漸溶入夢的世界。

——請先尋找能夠發現你的人。

最後聽到的是翔子這句話。咲太一邊思考這句話的意義，一邊展開時光之旅。

第二章

在那天的雪停息之前

1

臉頰感受到冷風。

隱約帶著潮水味的冬風。

冰涼的空氣喚醒咲太的意識。

「……」

咲太睜開雙眼。

首先看見的，是熟悉的白色天花板，宛如蒙上灰靄的花紋散於各處。是學校的天花板。咲太以往不曾像這樣仰躺往上看，所以映入眼簾的景色令他略感新奇。

咲太躺在保健室的床上。

他緩緩起身。鋼管連接處受力擠壓，發出動物鳴叫般的聲音。

在流入室內的冰冷空氣引導之下，咲太從隔間用的簾幕探出頭。

「……」

這一剎那，某幅光景收入眼簾，咲太頓時停止動作。

放眼望向窗外是雪景。從校舍看出去的七里濱海面下著冰冷的雪。雖然無聲無息，卻有許許多多的雪花從天空飄落。

厚重雲層覆蓋天空，看不見太陽。

咲太尋找東西般飄移的視線停在床邊的小櫃子上。上面擺著數位時鐘。

顯示的時間是下午一點二十五分。

日期是十二月二十四日。

「真的……回來了嗎？」

並不是懷疑，並不是不相信。咲太當然希望如此，打從心底許願。

然而，實際處於這個狀況，依然難以置信而感到驚訝。即使驚訝，內心某處卻莫名接受現狀，咲太認為這是多虧了肌膚感受到的冰冷空氣。

咲太知道這股冰冷。

身體記得這股寒意。

冬季披著雪而冰涼的戶外空氣。

這正是那一天……十二月二十四日的空氣。

雪的潔白緊揪咲太的心。染紅那片雪的麻衣鮮血，至今依然烙印在眼皮內側。

這是未來發生的事。大腦一認知這件事，焦躁就從腳邊直馳而上。喘不過氣的束縛纏住身

體，感覺軀幹中心浮在半空中。

成功回到那場車禍之前是好事。

然而正因為回來了，內心產生「這次不能失敗」的緊張感。無論如何都要拯救麻衣免於遭遇車輛打滑事故，這份決心試圖綑綁身體。

咲太再度看向時鐘。

下午一點二十八分。

「果然是那個時候嗎……」

對於自己回到這個時間，咲太莫名能夠接受。這時間的咲太去了小翔子住的醫院。

他清楚記得自己在翔子母親的安排之下，前去探望在加護病房的小翔子。玻璃窗的另一側，只發出機械聲的無菌室。小翔子睡在許多醫療機器圍繞的床上，拚命活在當下。

短短五分鐘的時間。

離開加護病房之後的事，咲太幾乎不記得了。能夠好好回想的只有傍晚之後的事。

當時咲太不知道該怎麼做，靜靜坐在醫院裡的椅子上。希望和麻衣共度未來，祈禱翔子獲得未來，在不能兩全其美的狀況下，咲太變得無法思考任何事。

聽翔子說咲太在這段時間產生思春期症候群之後，咲太認為沒有其他的可能性，甚至只認為是在這時候發作的。因為這個結果導致咲太得以從未來回到這裡。

「看來會積不少雪……」
突然在保健室響起的聲音不是來自咲太。室內別處傳來女性的聲音。
站到窗邊開窗的是身穿白袍的保健老師，將近四十歲的女性。距離咲太約三公尺。
「車子只能留下來了嗎……」
她自言自語之後關窗。
視線忽然朝向咲太這裡。
「……」
咲太心想不妙，身體緊繃。咲太不知道自己什麼時候躺在保健室床上，不知道保健室的老師是怎麼認知的。如果是在她不知不覺間躺在床上，她應該會起疑吧。咲太必須貼心地說明，總不能說「我來自未來」，就算這麼說也絕對不會被採信，老師相信的話反倒有問題。
總之先等對方出牌，再配合編造謊言說明。咲太判斷這麼做比較安全。
然而，這個算盤漂亮地落空了。
「……」
保健室的老師什麼都沒說。
應該說，她似乎沒看見位於短短三公尺前方的咲太。
「……？」

一開始的突兀感不大。但是保健室老師逐一確認窗戶是否鎖好而逐漸接近時，這份突兀感確實跟著膨脹。

老師走到咲太旁邊，觸摸窗鎖。從咲太身旁經過，將最裡面的窗戶也關好，然後再度經過咲太面前，回到暖爐旁邊的自用桌子。

明顯不對勁，這不是正常的反應。

咲太忍不住主動搭話。

「老師？」

「……」

然而保健室老師沒反應，她在桌上攤開日誌書寫。

「老師！」

咲太比剛才更大聲地叫老師，幾乎是喊叫的音量。實際上，他的聲音在室內大聲響起。

「……」

明明很大聲，保健室老師卻沒有回頭看咲太。

態度感覺不是視若無睹，是完全沒聽到聲音。

咲太靠過去，喊著「老師」搭她的肩。

老師依然沒看向咲太，沒轉身也不回應。看樣子甚至沒察覺肩膀被觸摸。

「這是怎樣……」

咲太這次的驚訝來自他自己的知覺。碰觸保健室老師肩膀的右手，這隻手沒傳回碰觸物體的觸感。沒有白袍的觸感，也沒有應該從白袍底下傳來的體溫，更沒有活人的柔軟觸感。

「現在是什麼狀況？」

為了確認，咲太動身要走出保健室。

剛好在這個時候，保健室的門打開了。

「老師，這傢伙手指吃蘿蔔乾了。」

說這句話進來的是咲太熟悉的人，好友國見佑真。雪下得這麼大，他卻是五分褲加T恤的輕便服裝。大概是籃球社正在體育館練球吧，他帶著一個按住手指的學弟過來。

「國見！」

咲太立刻叫他。

「患部要冷卻，坐那裡吧。」

但是，佑真沒對咲太有所反應。沒有任何人有反應。

看不見咲太的不只是保健室老師。

佑真與這個學弟同樣聽不到咲太的聲音。

沒人看見。

聽不到聲音。

即使觸摸也不會發現。

咲太處於這種奇怪的狀況。

為什麼會變成這樣？

咲太如此思索並尋找答案的視線投向窗戶玻璃。

「……？」

他在那裡發現另一個異狀。

「……」

佑真或保健室老師一有動作，窗戶玻璃就會映出他們的身影，卻只有咲太例外。

說起來，玻璃根本沒映出咲太的身影。

咲太反射性地摸自己的身體確認，看向身體，確定自己真實存在。咲太看得見自己，確實摸得到自己，也有觸摸到的觸感。

然而，佑真他們沒發現這樣的咲太。如果看得見，好歹會對咲太的奇怪行為提出「你在做什麼？」之類的問題才對……

面對這個狀況，有兩件事掠過咲太腦海。

第一件事，是回到「現在」的前一刻。

在半夢半醒之間聽到的翔子說的話。

——請先尋找能夠發現你的人。

咲太聽她這麼說的時候，完全無法理解意思，也不知道她為什麼講這種話。

但是事情演變至此，咲太首度可以推測翔子是預見了這個狀況才那麼說。

至於另一件事，是咲太忘也忘不了，在春天發生的那件事。

對咲太來說充滿回憶的五月，黃金週最後一天，遇到野生兔女郎的那一天……

咲太得以親近麻衣的契機；麻衣引發的思春期症候群。

他人無法認知咲太的存在。這個狀況類似當時打扮成野生兔女郎的麻衣。

那時候接受諮詢的理央是如何說明這個現象的？

咲太將記憶的絲線捲回身邊。

首先想起來的是箱子裡生死機率五五波的貓這個理論。薛丁格的貓。

貓的生死是在打開箱子確認的時間點決定。咲太記得是這種荒唐的論點。

在量子力學的世界……也就是微觀世界，粒子是以機率的形式存在，現在的正確座標並未固定，粒子是在接受觀測的時候確定位置。

所以現在的咲太處於相同狀態，可能一半在未來、一半在現在的機率性存在。

除非某人發現，否則無法好好存在於這個時間軸。咲太應用這個觀測理論思考，認為大概是

這樣沒錯。

感覺自己隱約可以理解現狀。

這麼一來，問題就在於「能夠發現咲太的人」是何處的誰。至少別說保健室老師，連好友佑真都看不見咲太。

「喂，國見！」

咲太再度大聲叫他。

「我先回去了。」

佑真只對學弟這麼說，沒回應咲太。他看都不看咲太一眼，也不是刻意視而不見。

咲太想抓住他的肩膀搖晃也沒用。咲太的干涉無法影響佑真。反過來說，咲太也無法接受佑真的干涉。

佑真若無其事般離開保健室。

待在這裡也於事無補。如此心想的咲太和佑真一起來到走廊，然後和前往體育館的佑真反向前進。咲太在放學後關了燈的無聲走廊上奔跑，沒有任何人對咲太說「別在走廊上跑步」。

咲太跑的距離不到一百公尺，換算成時間大概十幾秒吧。

他在物理實驗室前面停下腳步。

「雙葉！」

咲太一邊這麼叫一邊打開拉門。

他期待的是理央洋溢不耐煩氣息的視線，一如往常隔著眼鏡斜眼瞥向咲太，然後再度回頭做實驗的表情。「又是麻煩事？」咲太希望理央這麼問他。

然而，這些願望一個都沒實現。

「……」

放學後的寧靜物理實驗室，只聽得到水在燒杯裡沸騰的聲音。

大雪飛舞的今天，戶外的操場沒有人影，也沒看到平常吆喝練球的棒球社或足球社。

即使如此，室內依然開著燈，所以咲太入內關門。接著，他感覺寧靜程度增加了。

在這樣的寧靜中，聽得到某個聲音。咲太察覺室內有另一個聲音。

咲太走到黑板前面的實驗桌旁，蓋上酒精燈熄火。持續沸騰的開水停止冒泡，只留下小小的熟睡呼吸聲。

理央趴在實驗桌上睡覺，枕著雙臂，頭稍微朝向旁邊，只看得見半張睡臉。

她的表情透露著疲憊，臉頰上也留著淚痕。無須思考原因，答案就在咲太正前方……理央背後的黑板。

黑板上寫著艱深的方程式與神祕的圖表，還有「梓川」、「翔子小姐」的名字，「現在」與

「未來」等名詞。

大概是反覆擦掉重寫許多次吧，黑板上留下無數擦過的痕跡，原本是深綠色的板子整體來說變偏白。現在留在上面的書寫內容也被打上大大的叉。

實驗桌上胡亂堆疊著許多從學校圖書室或附近圖書館借閱的書。

「……」

映入眼簾的光景令咲太喘不過氣。

理央並不是在進行科學社的社團活動。

她一直在幫忙思考有什麼方法可行。

持續摸索著同時拯救咲太與翔子的方法。

大概是從那一天得知咲太心臟移植給大翔子之後一直……廢寢忘食持續思考好多天。

咲太自顧不暇，沒察覺理央像這樣為他努力的心意。理央也一起受苦，試著違抗命運，直到最後都不放棄，甚至等不及一杯提神的咖啡泡好。

即使如此，依然沒導出想要導出的解答。

「雙葉，謝謝妳。」

咲太繞到黑板那邊，拿起和書包放在一起的外套，披在熟睡的理央肩上。

「……」

理央沒有清醒的徵兆。如果這樣就會醒來發現咲太，在咲太進房的時間點應該就醒了。

咲太碰觸理央肩膀的手沒傳來任何觸感，身體在觸摸的時候缺乏所有知覺。觸感當然不用說，連體型大小、體溫或重量都完全感受不到。

「如果是這樣，就算變成透明人也很無聊。」

並不是針對任何人咒罵，只是想抱怨一下現狀。試著將想法化為言語，藉以忘記點滴浮上心頭的焦躁情緒。

必須想辦法讓別人發現，而且現狀無法找理央商量，咲太必須獨力突破難關。

此時咲太注意到理央的書包。插在袋子裡的手機。

「借用一下喔。」

咲太姑且知會之後拿起手機，指尖撥打號碼到一半因為緊張而發抖。排列在畫面上的十一個數字是麻衣的手機號碼。接通的話，或許就聽得到麻衣的聲音。想到這裡，期待感就統治身體，全身從腳邊開始垂直顫抖。

咲太好不容易碰觸撥號按鍵之後，將手機抵在耳際。

「……？」

不用太多時間就察覺不對勁。

聽不到任何聲音。

咲太確認手機畫面，上頭顯示著撥號圖示，但即使咲太再度拿到耳際，依然聽不見撥號鈴聲，沒有對方正在通話的提示聲，也沒有話筒特有的無聲雜訊。

咲太重新輸入號碼，再度撥號。

「……」

手機的反應果然和剛才一樣。

咲太這次改撥別的號碼。他和妹妹花楓居住的公寓電話號碼，家裡的市內電話。借住的大翔子肯定在家裡。來自未來的她或許看得見咲太，也聽得到聲音。咲太懷抱這種絕對不小的期待。

但是，結果和剛才打麻衣手機號碼的時候一樣，根本沒發出鈴聲。換句話說就是沒有撥出去。即使觸碰撥號鍵再多次，手機的反應都一樣。

「打電話行不通是吧？」

既然這樣……如此心想的咲太打開通訊錄，尋找麻衣的電子郵件網址。他知道理央會和麻衣互傳簡訊，所以在收件人欄位點選以「櫻島學姊」這個名稱登錄的電子郵件網址。

——我是咲太。

總之咲太只輸入這幾個字，將指尖放在寄件圖示上。

「……」

很遺憾，沒有反應，連一點動靜都沒有。

雖然不清楚是什麼原理，但現在的咲太似乎無法將聲音或言語傳達給任何人。只能先認定現在是這種狀況。

或許身處的狀況真的和箱子裡的貓相同。

蓋子固定得很緊，而且上鎖，就算敲打壁面也一動都不動，聲音與振動都傳不出去。無從告知自己的存在，只能等待某人打開箱子。就是這種狀態。

咲太認為麻衣擁有盒子的鑰匙。雖然毫無根據，卻認為如果是麻衣就會發現他。

然而麻衣不在這裡。十二月二十四日，她預定在東京都內的攝影棚拍室內戲。咲太也不知道這間攝影棚的實際位置。

既然電話與簡訊都不能用，也沒辦法現在確認。

「突然就面臨相當大的危機耶。」

咲太冷靜地講評自己的處境。

現階段唯一和麻衣見面的機會就是即將出車禍的那時候。至少麻衣在下午六點肯定會出現在車禍現場弁天橋頭，為了拯救這個時間的咲太……

「……不過，不予考慮。」

不夠確實。在洋溢熱鬧聖誕氣氛的那個區域，即使咲太找得到麻衣，如果麻衣沒看見咲太就

完了。且戰且走的做法過於離譜。

最重要的是，麻衣即使在那個時間點得救，也無法阻止這個時間的咲太……也就是「現在的咲太」。

引用之前聽理央所說的，基於量子力學理論，未來的咲太不能遇見現在的咲太。

換個簡單一點的說法，「未來的咲太」不能直接見到「現在的咲太」。所以，在即將出車禍的時候，不惜扭打也要阻止「現在的咲太」前往事故現場的做法……必須認定不可能實行。

這麼一來，預先將未來發生的事件告訴現在的咲太與麻衣堪稱最好的方法。

為此必須找某人打開箱子，讓對方認知到咲太在這個時間軸的存在。

問題在於這個「某人」是誰。

說到可能擁有盒子鑰匙的人物，除了麻衣果然就是翔子吧。來自「移植咲太心臟」這個未來的翔子。雖然是心情上的邏輯，不過既然咲太看得見大翔子，大翔子應該也看得見咲太。

如果是這個翔子的所在處，咲太心裡有底。直到二十四日的早上，她肯定都住在咲太家。她在玄關目送咲太出門上學，咲太清楚記得她面帶笑容送行。

「現在只能靠她了嗎？」

到這個時候還得找翔子？咲太想到這裡就覺得丟臉。咲太接下來要做的事等於要拔除翔子的未來，不應該靠她協助。如果是幾天前的咲太，應該會因為這麼想而無法行動。但是現在不一樣，咲太已經做了某個決定。

「……」

即使內心感到痛楚，也決定走這條路。咲太決心和麻衣一起打造未來，為此他什麼事情都肯做，什麼角色都肯扮。

咲太將理央的手機放回書包，準備離開物理實驗室。他打算回到大翔子應該還在的自家。

但是咲太打開門的時候暫時停止動作。他感覺身後有人在動。

咲太反射性地轉身。

「我……」

理央睡眼惺忪地正要起身，咲太為她披著的外套順勢滑落。

「……」

理央有點詫異地看著掉在地上的外套。她撿起外套稍微拍掉塵埃，放在書包上。

她的雙眼看著實驗桌面。擺在鐵絲網上的燒杯還在冒蒸氣，旁邊是加蓋熄火的酒精燈。理央戰戰兢兢地摸蓋子，像是在確認熱度。

「……好溫暖。」

理央如此呢喃。

她環視室內，像是察覺某些事。

「雙葉？」

咲太回到實驗桌旁叫她。或許她會察覺。她的反應使咲太如此期待。

「是我！」

咲太大聲吸引她的注意力。

「老師……來過啊……」

然而，理央只如此低語。

「不對，是我啦！」

咲太拚命訴說，理央的視線卻沒捕捉到咲太。明明位於實驗桌正對面卻沒看見。理央眼睛聚焦在咲太的後方……有點距離的天花板。如果她看見咲太，視線就會被咲太擋住，絕對無法這樣聚焦。

「喂～～雙葉！拜託發現我啊！」

咲太試著伸手在理央面前上下晃動，用雙手夾臉也沒用。

理央若無其事地背對咲太，面向黑板。

她拿起粉筆，以嚴肅的表情寫東西。

咲太移動到她旁邊，在黑板上寫下大大的一行字。

——發現我啦，雙葉！

理央看都不看。

就像是看不見咲太寫的字，將方程式覆寫在咲太的訊息上。明明這樣應該不好辨識，理央卻不以為意。

「這次真的沒辦法拜託雙葉是嗎……」

在這種狀況下，無法找最想找的理央討論對策，老實說咲太非常不安。因為之前一直受到理央的協助……

只是相對的，咲太實際感受到之前聽理央說的那些理論在自己心中發揮功效。

自己不被周圍認知。多虧理央，咲太能夠參考「生死機率五五波的貓」這個理論，認定自己處於這種狀況。

即使只是理解這個概念，遭遇這個神奇狀態所感受到的混亂也緩解許多。

也成為今後該做什麼、該如何行動的指針。

總之，現在要尋找能夠發現咲太的人物。

而且正因為聽過理央的說明，咲太才有了一些頭緒。

「早知道應該更認真聽的。」

這一點令人惋惜。

思考這種事的咲太這次真的前往走廊。現在的目標是盡快回家。

咲太趕往校舍出口，雙腳卻一反心情在中途停止。

這裡是辦公室前面。

咲太在這裡發現令他在意的東西。

在校慶或運動會上使用的扮裝衣物並排在走廊角落。似乎是送洗完畢送回來了。衣物裝在塑膠袋，附上號碼標籤。

咲太在這些衣物中發現一件兔子布偶裝。

初遇麻衣那天的經歷掠過腦海。

在湘南台圖書館發現的野生兔女郎。

「這時候就效法麻衣小姐吧。」

咲太朝兔子布偶裝伸出手。

2

「這意外地不錯耶。」

對於穿著學校運動服從未來回到這裡的咲太來說，在白雪紛飛的天氣裡，布偶裝是方便的防寒衣物。

由於鞋子也留在未來，因此在這方面也很便利。

頭部是全罩套頭式，為了在移動時確保視野範圍，咲太雙手抱著布偶頭離開學校。

首先前往七里濱車站。

咲太沒有月票也沒錢買票，但他仗著沒人認知得到，光明正大地搭乘開往藤澤的電車。

占據車門旁的空間觀察車內。

鎌倉那邊有許多旅客上車，因此車廂內相當擁擠，卻沒人察覺身穿布偶裝的咲太。如果有人看見……

「那是怎樣，太糟糕了吧？」

「真的很糟糕。」

「糟糕到噁心。」

他們肯定會這麼說，偷笑並且一起投以失禮的視線。可是沒有任何人這麼做。沒人和咲太四目相對，當然也不會慌張地移開目光。

感覺真的變成了空氣。

麻衣在春季時思春期症候群發作，變得無法被周圍認知的時候，也是這種感覺吧。

這種感覺和排擠不同。

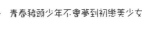

如果是視而不見，就會實際感受到旁人視而不見，但現在的咲太甚至沒這種感覺。什麼都感覺不到……就像這樣。

麻衣穿上香豔兔女郎服裝外出的原因，咲太似乎也理解了。應該是不惜這麼做也希望有人發現吧。

只看外型或許很荒唐，但是對現在的咲太以及當時的麻衣來說，不被他人認知存在只有恐懼可言，只要發現能依賴的東西都想依賴。

「這麼說來，兔女郎的衣服，我還保留著吧？」

等到事情全部結束，就拜託麻衣穿吧。

看向車外，電車停靠在江之島站。大約半數旅客下車，又有差不多的人數搭上車。新的乘客們也沒察覺咲太。明明站在容易發現的車門旁，但大家都是直接經過他面前。

咲太就這麼沒被任何人認知，電車抵達了終點站藤澤。

咲太首先下車，停在驗票閘口前面，轉身面向月臺，以毛茸茸的布偶裝身體張開雙手。

「有人！看得到嗎～～！」

他發出大到月臺深處也聽得見的聲音。

超過百人的乘客經過如此滑稽至極的咲太身旁。他們毫無反應，拿著ＩＣ卡感應之後出站。沒有任何人察覺咲太，即使撞到肩膀也不在意。就像咲太沒有撞到的感覺，對方想必也完全沒感覺。

現在不是消沉的時候，所以咲太也從沒反應的驗票閘口出站。

途中經過ＪＲ車站，只把布偶頭放進置物櫃保管。從這裡走路回家約十分鐘，用跑的不到五分鐘，而且布偶頭在跑步的時候會礙事。

咲太存放布偶頭的櫃子就是麻衣春天時存放兔女郎服裝的櫃子。因為是空的，所以刻意選這個櫃子。

沒錢上鎖。

「哎，應該沒問題吧。」

雖然沒什麼根據，不過換個角度來看，現在的咲太是沒人看得見的無敵狀態，不必為了這種事大驚小怪。

隨身物品減少，咲太在下雪的天空下奔跑。冰冷的空氣貼在喉嚨，使得鼻腔一酸。

大約五分鐘後，氣喘吁吁的咲太站在和妹妹花楓同住的公寓前面。花楓從昨天就住在爺爺奶奶家，所以不在家。家裡只有借住中的大翔子，以及三花貓那須野。

咲太注視安裝電子鎖的一樓公共玄關。他沒從未來帶鑰匙過來，所以明明是自己家卻沒有進去的方法。

咲太先試著按對講機。

輸入住戶號碼，按下呼叫鍵。動作之所以有點笨拙，是因為咲太身為住戶用得不熟，平常只要自己開鎖入內就好。

「剛才這樣有響嗎？」

咲太連這也不清楚。

保險起見，咲太再度輸入住戶號碼，按下呼叫鍵。

「……」

等了好一陣子，屋內也沒有回應。

期待的翔子聲音沒傳入耳中。

咲太想到自家門前確認，但是既然沒鑰匙，就只能等其他住戶出門。

手忙腳亂只是白耗體力——如此心想的咲太決定靠牆坐下休息。在時間受限的狀況下，靜坐不動有害心理健康。心神不寧的感覺從腳邊爬上來。

到最後，咲太調整好呼吸就站起來。

打開信箱想分散注意力。

他在裡面發現意外的東西。

「……這是？」

一把鑰匙放在信箱正中央。

熟悉的銀色鑰匙。

肯定是咲太家的鑰匙，翔子借住期間保管的備用鑰匙。

咲太以不擅長精細工作的布偶手抓起鑰匙。

懷抱著急的心情，打開公共玄關入內。

搭電梯上五樓。

跑到家門前，打開鎖好的家門。

「翔子小姐！」

即使知道不在，也忍不住呼喚這個名字。

「……」

沒傳來回應。

也沒說「你回來啦」出來迎接。

「翔子小姐！」

咲太再度呼叫，同時跑遍屋內。

「……」

客廳洋溢的空氣披著無人室內特有的寂靜，只有設定暖氣的空調平淡地運作。

包括咲太的房間、花楓的房間、廁所、浴室以及衣櫃裡，都沒有翔子的身影。

看向屋內，各處都整理得乾乾淨淨。廚房流理台刷得亮晶晶，而且毫無水痕，總是放在瀝水籃不管的餐具也收進櫥櫃。暖桌被子也完全拉平。生活感稀薄，簡直像樣品屋。

翔子待過這裡的痕跡消除得一乾二淨。

唯一留下的，是放在信箱的這把住家鑰匙。

和翔子說定的約會時間是下午六點，在弁天橋頭的龍燈籠前面會合。

咲太後知後覺得知翔子很早就獨自離開這個家。咲太沒發現翔子像這樣徹底清理到不讓人感覺她存在過。發生麻衣那件事，咲太沒有好好觀察屋內狀態。沒有餘力觀察。

「……」

咲太回到客廳獨自佇立不久，某個東西跳到暖桌上。是三花貓那須野。只有暖氣開著，就是顧慮到那須野會冷。

感覺那須野心不在焉地看向咲太。

「那須野？」

咲太一叫，那須野就別過頭去，以後腳搔抓脖子側邊，滿足之後鑽進暖桌棉被裡。

還以為牠看得見咲太，看來是多心了。

「……不妙。」

將現狀化為言語說出口，身體似乎也理解了，背脊開始發寒。

這麼一來，不只是麻衣，連翔子的下落也不知道。

若要拜託住在爺爺奶奶家的花楓，以距離來說很難如願。單程就要兩小時，光是來回就會超過下午六點。既然無法確認花楓能夠認知咲太，這樣放手一搏並非上策。

「總之，要去有人的地方。」

或許某人能夠發現。即使這是相信奇蹟會發生的機率，比起待在只有咲太與那須野的住家客廳，這個判斷也積極得多。

不能放棄。

唯獨「放棄」這個選項不存在於咲太內心。

咲太打開冰箱，拿出貼有藍色標籤的寶特瓶。麻衣拍廣告宣傳的運動飲料，兩公升大瓶裝。裡面剩下約三分之一，咲太一口氣喝光。

水分補充完畢。咲太扔下空寶特瓶，衝出玄關。

咲太回到藤澤站。

人口達四十萬的城市中心。

這附近是最多人聚集的場所。

可以搭乘的電車也有ＪＲ、小田急、江之電等三線，車站周邊各時段總是熙熙攘攘。

超過下午兩點半的現在，看得見許多穿制服的高中生或國中生，還有大學生團體或情侶。他們大概會前往江之島周邊，在今天聖誕夜歌頌青春吧。薄薄的積雪似乎也讓他們開心不已。

穿西裝的年輕上班族與這些人成為對比。他們仰望天空，表情比灰色的天空還要陰沉，不得已只好撐傘走出有屋簷的車站。

咲太接連和這些人擦身而過。

他沒撐傘，而且穿布偶裝。

然而，沒有任何人看向他。

咲太拍掉身上的積雪，進入車站。即使將保管在置物櫃裡的頭部拿出來套上，也沒有人發現咲太。

完全視若無睹。不對，甚至不算是視若無睹。咲太被當成不存在於這裡，甚至沒被認知他不存在於這裡。咲太在這裡的存在感也是零。

即使如此，咲太依然放聲大喊，尋求能夠發現他的唯一一人。

「有沒有人看得見我？」

穿著兔子布偶裝揮動雙手，還跳起來強調自己。

「請問，有人看得見我嗎？」

電車每隔數分鐘就載著許多人過來。這邊看得到ＪＲ的驗票閘口，後方還有從小田急江之島線或江之電轉搭過來的乘客出站。

感覺乘客比平常還多，大概因為今天是十二月二十四日吧。也有許多人在聖誕節約會造訪江之島。

「有沒有人！」

人潮多到根本數不清。和咲太擦身而過的肯定不只幾百人，恐怕已經幾千人了。

明明如此，卻沒人察覺咲太的存在，沒能認知他的存在。

咲太繼續大喊，不到二十分鐘就喊不出像樣的聲音了。大概是疲勞累積，使不上力。

經過三十分鐘時，咲太察覺某種情感在自己心中萌芽。

像藤蔓纏繞身體的情緒是恐懼，甚至一點一滴侵蝕到體內，抓住內心，固定身體。

咲太沒有放棄的打算。

只是，如果就這樣什麼都做不到……

想到這裡，內心的不安就膨脹變大，掐住咲太。

「有沒有人！誰都好！」

咲太想違抗不安似的扯開嗓子大喊。

「有人聽得到我的聲音嗎？」

看向右方，看向左方，逐一觀察來往的人們。有人筆直前進轉搭電車，有人停下腳步滑手機查資料，有人正在聯絡別人……也有人因為等待的對象前來而發出笑聲。

只不過，沒人能夠察覺咲太。

「求求你們聽到好嗎？聽我的聲音好嗎？」

不安的果實又變大一輪了。

或許真的會就這樣迎接下午六點來臨。

左右命運的那場車禍或許會再度發生。

想到這裡，身體就開始打顫。

不願回想的那幅光景。

撞倒道路標誌桿而停下的車輛。

是黑色廂型車。

蜷縮倒在一旁的麻衣。

倒在白雪上，一動也不動……

這片雪就只是逐漸被麻衣的鮮血染紅。

即使救護車趕到，也沒能協助麻衣活下去。

即使送進醫院，也沒有任何人拯救麻衣的性命。

——送來這裡的時候就幾乎回天乏術了。

男醫師動完手術之後的這段話就這麼貼在咲太的耳膜上，撕也撕不掉，會因為不經意的契機而被喚醒，攪亂內心，勒住身體。從那一瞬間開始，彷彿有一條無形的鎖鍊要綑綁咲太，要讓咲太動彈不得。

這個最悽慘的未來或許也等在前方。

若是咲太沒改寫就會再度來臨。

而且，如果這裡是「現在」，就不能像這樣重來。

不可以失敗，絕對不容許失敗。因為沒有下一次了。

「有沒有人！聽到好嗎？聽我的聲音好嗎？」

咲太一邊對抗統治身體的恐懼，一邊拚命拉開嗓門。

「應該至少有一人吧！」

並不是害怕沒人認知到他。

「至少來一人也沒關係吧？」

也不是害怕孤單。

「有沒有人！」

咲太害怕的是再度失去麻衣。

「聽我的聲音啊！」
害怕自己救不了麻衣。
「看得見我嗎？」
年輕上班族停下腳步看手機。咲太抓住他的肩膀。
「你看得見嗎？」
拉著站務員的手臂詢問。
「拜託，只要有一人就可以了！」
纏著巡邏中的警官。
「發現我好嗎？」
但是，這個人不存在。明明熱鬧地聚集這麼多人……車站明明人滿為患，卻沒人察覺咲太。
「給我機會拯救麻衣小姐好嗎……」
擠出喉頭的是發自內心的願望。
「……請給我機會，求求你們。」
即使是這樣的懇求與哀嘆，人們也不予理會。咲太的願望對他們來說也等於不存在。
人群與人潮看起來極度空虛又冰冷。明明每個人都長得不一樣，表情看起來卻沒有兩樣，眼中所見的表情逐漸分不清。一冒出這種想法，視野就變得扭曲，頭昏眼花。回過神來，咲太已經跌坐在地上，慢半拍才理解到自己腿軟站不住。

身體想站起來也使不上力。

看來即使自以為心理維持正常，身體也基於本能先出問題了。

大概是受不了這個跳脫常識的環境吧。

咲太再度踩著地面，朝雙腿使力。

但是，只有微弱的氣息從嘴裡呼出。

突然間，一個影子落在咲太身上。

只看得見面前磁磚的視野中停著某人的雙腳。深藍色襪子加上樂福鞋。像女高中生的雙腳。

「學長，你在做什麼？」

頭頂傳來熟悉的聲音。

說起來，會稱呼咲太「學長」的女生，放眼全宇宙只有一人。

「古賀……」

咲太叫著她的名字，抬起頭來。

映入咲太眼簾的是嬌小的女高中生。看慣的峰原高中制服，現在多穿了一件外套，茶色的可愛款式。短髮輕柔，臉蛋今天也完美上妝，但是表情有點醜。朋繪帶著傻眼、為難與困惑交錯的表情俯視坐在車站裡的咲太，雙眼清楚聚焦在咲太身上。

「……妳看得見我？」

從顫抖的唇間說出的話語果然在顫抖。

「學長，你在說什麼？」

由衷摸不著頭緒的反應。她的雙眼映著咲太的身影。

「……妳聽得到我的聲音吧？」

「聽得到，也看得見。話說，大家不是都在看嗎？」

朋繪害羞地不時瞥向周圍確認。

「咦？」

聽她這麼一說，咲太也感受到了視線。多到數不清的視線。雖然沒人刻意停下腳步，但是出站與進站的人都在經過時看向咲太，以略感好奇的眼神看著坐在地上的布偶裝高中生。

「啊？」

嘴裡發出對現狀的簡短感想。幾乎在同一時間，咲太感覺至今狹窄的視野一下子擴展開來。

這正是一直封閉的箱子開蓋時的感覺，自己位於此處的實際感受。

這份感受是朋繪給的。朋繪發現咲太了。

「學長，你腦袋還好嗎？」

朋繪的眼神像是看見不妙的東西。

她真的看得見咲太，聽得到咲太的聲音。

重新理解事實之後，依然坐在地上的咲太自然朝著面前朋繪的腳伸出手。

「唔哇，幹嘛？」

朋繪連忙退後逃走。

「別躲啦。」

「還不是因為學長想摸奇怪的地方！」

「腳踝哪裡奇怪了？」

「我不想被學長認為我腳踝粗……」

朋繪不知道在嘀咕什麼。

「不然，就改成小腿肚吧。」

「更不要！」

「哪裡都好，妳的身體給我摸一下。」

「……」

朋繪嘴巴半開，瞇著眼就這麼說不出話來。

「妳現在有所誤會對吧？」

「我確定學長是變態。」

「不然我可以摸哪裡？」

「哪裡都不想被你摸啦！」

這樣下去會沒完沒了。

「我知道了。那麼，妳摸我的身體吧。」

「……」

朋繪再度露出剛才那張像是看到髒東西的表情。

「這種特殊玩法，還是去拜託櫻島學姊吧。」

她不滿地噘嘴。

「沒有啦，就說……」

咲太即使想說明也不知道怎樣才說得好。要是依序說明一定會說很久，而且就算全部說出來也不確定朋繪是否願意接受。假設可以獲得她的理解，接下來會變成害她操心。咲太身處的狀況具備這種複雜性。

「學長，你好像老了？」

咲太沉思時，朋繪這麼說。

「啊？」

「仔細看就發現好憔悴。」

她蹲下來觀察咲太的臉。

「哎，或許吧。」

「……」

明明只是將聽到的話照單全收，朋繪卻一臉無法釋懷的樣子。

「總覺得……怪怪的。」

「這是怎樣？」

「如果是平常的學長，不是應該會說『古賀有點胖耶，尤其是屁股那邊』，愉快地對我性騷擾嗎？」

「我沒說這種話，也沒做這種事吧？」

「有啦！大概每週三次！」

「可以的話，我希望每週四次。」

「你果然有自覺吧？」

「如果妳真的抗拒，今後我會克制。」

「……」

咲太很乾脆地讓步之後，朋繪再度不滿地噘嘴。她在鬧脾氣。

「學長，你絕對怪怪的。」

「我大致上都很怪吧？」

「是沒錯啦……」

朋繪看來還沒接受。

「啊～～真是的～～來！」

但她一副看開的樣子，伸出雙手。

「如果是摸手，就請您自便吧。」

「為什麼用敬語？」

「有……有什麼關係啦，別管這種事。快點！」

「那麼，我不客氣了。」

咲太將毛茸茸的布偶手放在朋繪小小的手上。

「三啊二～～來！」

咲太握緊之後，朋繪以福岡的吆喝方式拉他起身。

手依然相握。

咲太反覆捏朋繪的手確認觸感。

「呀啊，會癢吶！」

朋繪迅速抽回手，臉蛋紅通通的。

手的觸感很明確。朋繪的手雖小卻還是可以碰觸、感覺得到。成功取回己身知覺的實際感受令身體感到喜悅。

「學……學長，不要亂來啦。」

「我沒亂來啊。」

「有喔。因為，我的手……」

她猶豫是否要說下去。

至於咲太，則是當著朋繪的面對她這麼說：

「古賀，陪在我身邊吧。」

「……！」

朋繪臉愈來愈紅，連耳根都通紅，原因不是寒冷。彼此四目相對，朋繪就慌張地移開視線。

「我……我可沒誤會喔。」

咲太明明什麼都沒說，朋繪卻一臉不高興地辯解。接著她這麼問：

「要陪你去哪裡？」

她刻意強調「去哪裡」這三個字。

咲太平常都是走路去醫院，但這次決定和朋繪一起搭公車移動。在足以染白城市的大雪中行走很累人，而且現在時間寶貴。

咲太坐在公車後面的雙人座，朋繪沒坐他旁邊，而是坐在前一個單人座。服裝奇特的咲太容易吸引目光，她似乎想裝作不認識他。

「這麼說來，古賀。」

「……」

即使咲太搭話，她也不肯回應。

「妳原本是不是有自己的行程？」

「……為什麼這樣問？」

朋繪稍微轉頭，輕聲反問。

「只有搭電車的人會經過那裡吧？」

朋繪向咲太搭話的地點是ＪＲ的驗票閘口前方。通往小田急線或江之電的連通道是在比較後面的位置，因此只有乘客會經過那裡。

「反正我在聖誕夜就是沒有行程啦。」

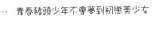

朋繪以鬧彆扭的語氣回應。

「又不像學長有約會的對象。」

講得相當自暴自棄，大概是對聖誕節的仇恨值飆高吧。

「既然這樣，妳為什麼會在那種地方？」

「……」

朋繪側身轉過來，視線像是在觀望。

咲太原本只當成小小的疑問，卻因為朋繪的反應而加深質疑。

「怎麼了？」

「沒事。」

朋繪再度不滿般噘嘴。還以為她會長嘆一口氣，卻在公車等紅燈的時候起身。

移動到後面的位子，坐在咲太旁邊。

「不可以笑喔。」

公車再度起步時，她揚起眼神瞥向咲太這麼說了。

「可以的話，希望是好笑的事。」

感覺最近不曾好好笑過，一直都是笑不出來的狀況。

「那我不說了。」

「別這麼壞心眼啦。」
「壞心眼的人是學長吧？」
「不，我剛才說的是真心話。」
「那麼，平常說的呢？」
「是因為逗妳很好玩。」
「唉……」
朋繪像是對某件事死心般深深嘆息。
「昨天，我夢見學長……」
朋繪不情不願地開口。
「夢？」
「夢見學長在車站遇到困難……對周圍的人們說話，卻沒有任何人理會……雖然不知道學長在說什麼，看起來卻很拚命。」
「……」
這完全是咲太被朋繪發現之前的模樣。
「不過，那是夢吧？」
「我和學長在夏天時不是發生了那件怪事嗎？」

「嗯，是啊。」

朋繪在說她所引發的思春期症候群。同一段時間不斷重複直到獲得想要的未來，如此匪夷所思的現象。那應該只是朋繪在夢中模擬未來的光景。雖然最後做出這個結論，但是這場夢也殃及咲太，害得咲太同一天過了好幾次。

「所以，昨天作的夢，我也莫名在意。」

「只因為這樣？」

「畢竟我沒看過那樣的學長。」

「……」

「也不想看到那樣哭喊的學長。」

「這樣啊……」

朋繪看見的光景或許是距離現在晚一點之後的光景。咲太剛才拚命大喊，卻沒有陷入絕境到哭喊的程度。在這之前，朋繪就前來發現咲太了。

咲太被捲入朋繪的思春期症候群時，理央說明這是「量子纏結」的現象。建立成對關係的兩個量子具備瞬間共享情報的性質，而且無視於距離。記得當時是這麼說的。

而且要產生「量子纏結」，兩者必須相互撞擊……記得理央講過這種話。

「所以說人生在世最重要的，就是要有個互踢屁股的可愛學妹嗎？」

「拜託你忘掉這件事吧。」

「呃，絕對辦不到啦。」

「就算辦不到也要忘掉。」

「而且妳還說過『用力一點！』這樣。」

「學長，你爛透了。」

朋繪即使瞪向咲太，臉頰依然泛紅。在她雙手按住屁股的動作輔助之下，一點都不嚇人。

「今天的古賀也好可愛耶。」

「別……別說我可愛啦！」

咲太笑著帶過，按了下車鈴。

兩人下車的站牌在小翔子住的醫院附近。白色建築物就在眼前。

「學長是要去醫院辦事情？」

「嗯。」

「要探望誰嗎？」

朋繪說著撐傘踏出腳步，卻察覺不對勁而停住。因為咲太下車之後就站著不動。

「學長？」

朋繪轉身時已經位於距離咲太三公尺的前方。

「不走嗎？」

「古賀。」

「嗯？」

「我有個請求。」

「……什麼事？」

大概是察覺咲太散發的嚴肅氣氛，朋繪繃緊表情。

「麻煩妳去見另一個我。」

「……」

「……」

「啊？」

朋繪慢半拍發出這個脫線的聲音。

數分鐘後，咲太的身影位於從醫院徒步不遠處的小型購物商場。食品超市、藥妝店與書店等店家圍繞著寬敞的停車場般並排。

咲太在商場一角的電話亭裡。

他面對公用電話，看著向朋繪借來的手錶。剛才兩人暫時分開，約定十分鐘後聯絡。

原因只有一個。要和這個時間的咲太——「現在的咲太」說話，必須跟他說未來會發生的事。必須讓「現在的咲太」知道這樣下去麻衣將會喪命。

如果可以當面講就簡單了，但是如果理央之前說的見解可信，那麼「未來的咲太」與「現在的咲太」不可能見面。

「未來的咲太」與「現在的咲太」始終是相同的個體，無法同時被觀測……記得當時是這麼說的。

然而，咲太知道一個例外。那是今年夏天發生的事。理央引發的思春期症候群。分裂為兩人的理央彼此講過電話。

向朋繪借來的手錶指針已經走完約定的十分鐘。

咲太拿起話筒，投入和手錶一起向朋繪借來的百圓硬幣，撥打寫在字條上的手機號碼。

按下十一個號碼後不久，傳來響鈴聲。

咲太對此鬆一口氣。

『學長？』

接著，話筒另一頭傳來朋繪的這個聲音。這聲簡短的回應明顯帶著困惑，箇中原因正是咲太的目的。

「嗯，是我。」

『我這邊真的也有學長……』

朋繪的語氣不只是困惑，更感受得到她想知道真相的心情。至於內心的驚訝，她大概認定這也是思春期症候群而強迫自己接受了吧。

『學長？』

咲太不發一語，朋繪隨即如此簡短催促，但他現在沒餘力回答朋繪的疑問。即將邂逅另一個自己，咲太的心跳速度有增無減。

「麻煩把電話轉給那邊的我。」

『……晚點要說明喔。』

朋繪說完，氣息稍微遠離咲太的耳際。咲太知道朋繪正在電話另一頭和某人互動。「現在的咲太」恐怕也不明就裡，處於不得要領的狀況吧。

即使如此，咲太依然很快就從話筒感受到某人的呼吸聲。大概是對方認為繼續和朋繪討論也沒完沒了。

首先是說話之前的簡短換氣聲。

『真的是我？』

接著，陌生的聲音撼動咲太的耳膜。

態度完全沒隱藏疑心，語氣裝模作樣到有點厚臉皮。咲太可以自覺這正是他自己。

「沒錯。我來自四天後的未來。」

咲太在電話裡如此告知。

對方是自己，為求貼心應該先閒話家常……但他沒有這樣的心情。

『四天後？』

「嗯。」

『也就是說，已經……』

「我知道今天接下來會發生什麼事。」

『……』

另一頭的咲太微微倒抽一口氣。

「所以，我為了改變未來而來。」

『等一下。』

「現在的咲太」聲音帶著些許冷漠。

咲太知道他想說什麼。如果「未來的咲太」真的來自未來，就代表咲太在未來沒死。大概是理解到這個事實了吧。正因理解，所以也會產生某些疑問。

『我沒出車禍？』

「現在的咲太」以克制情緒的聲音問了。

「嗯。」

咲太簡短回答。

『那麼，牧之原小妹她……』

電話裡的沙啞聲音明顯透露失望的感覺，大概是認為自己奪走了她的生命。

「不用擔心。心臟移植手術確實成功了。」

『……？』

幾乎不成聲的疑問化為氣息，傳達給咲太。

『即使我沒出車禍？』

對方像在慎選言詞般緩緩反問。

「沒錯。」

咲太也靜靜回答。

『……』

「所以，你不用去車禍現場。」

『……這樣有問題吧？』

這句批判在冷靜之中隱藏確信。

對方知道哪裡有問題。咲太知道在這段簡短的對話中，「現在的咲太」察覺到某些事。

如果不用說就能了事，咲太認為這樣是最好的。不過看來沒能如願。

『要是全部完美收場，我就沒有理由從未來回到這裡。』

「……」

『會有其他人出車禍是吧？』

即使咲太不說，「現在的咲太」腦海裡應該也有某種可能性化為言語吧。「現在的咲太」語氣裡的沉著令他有這種感覺。

『誰會出車禍？』

與其說是詢問，恐怕是確認。對方想知道自己的想法是對是錯。不，或許是希望咲太說他的想法錯誤。

然而，「未來的咲太」無法實現「現在的咲太」這個願望，他只能告知事實。

「麻衣小姐。」

光是說出口，那段記憶就復甦，無形的力量壓迫身體。咲太被窒息感襲擊，即使想吸收氧氣也無法隨心所欲。

到最後，他只能按著胸口，等待痛苦與悲傷的波濤退去。

『這是怎樣……』

「……」

『我做了什麼？』

「快被車子撞上的時候，麻衣小姐推開我，救了我一命。」

『……』

「託她的福，我活下來了。」

『……』

還沒經歷這段未來的「現在的咲太」在電話另一頭為之語塞。不知道他現在是什麼表情。咲太難以想像自己的表情，而且也完全找不出這麼做的意義，便立刻作罷。

「託麻衣小姐的福，我活下來了。」

他再度清楚說出這個事實。未來的事實，即將發生的事。十二月二十四日下午六點會發生的一切。

『所以……這是怎樣……』

「現在的咲太」已經只以哀嘆回應了。咲太自己也是過來人，所以很清楚這份心情。這一天的咲太被迫拿起生命的天秤。要犧牲自己拯救翔子？還是活下來選擇和麻衣邁向未來？

這是他面對的兩個選項。

只能二選一的狀況。

處於這樣的局面，明明每天煩惱到幾乎反胃，「未來的咲太」卻在事發之前告知另一個結局，不可能立刻就能理解、認同並且重整心情振作。若被要求從現在開始重新思考，應該會想認為是哪裡搞錯了吧。

在這種狀況下，他不可能知道正確解答是什麼。

『……』

「現在的咲太」連思考都被剝奪，不發一語。

然而「未來的咲太」不一樣。他仔細思考過，並且得出結論。正因為做出決定，他才會來到這裡，為了踏上他選擇的路。

「我是來救麻衣小姐的。」

『……』

「所以，絕對別去要和麻衣小姐會合的地點。」

『可是……』

「如果去了，麻衣小姐就會代替我死掉。」

『！』

「你如果去水族館，麻衣小姐就會死。」

說出這句話的瞬間，咲太的淚水奪眶而出。聲音從途中開始哽咽，變尖又走音。但他不想默

默等待這份情緒平息。

「我再也不要那樣了！」

必須將這份心情傳達給「現在的咲太」，必須讓對方知道這份最真實的情感。

「我再也不要……失去麻衣小姐了！」

『……可是如果我不去，牧之原小妹會怎麼樣啊！』

「現在的咲太」以同樣純粹的意念反擊。這是他理所當然會抱持的疑問。

「……」

咲太沒回答。這份沉默充分表達了咲太的意志。

『你在想什麼啊……』

「我已經決定了。」

『明明是我，但你在想什麼啊……』

這個平靜的聲音察覺到咲太的決意。

『難道說，你要我放棄牧之原小妹？』

有點冷漠的聲音，聽起來像是瞧不起咲太。不，這是斷然的否定與責備。

『你不在乎牧之原小妹變成怎樣嗎？』

「怎麼可能？」

並不是不在乎。這是真的。然而，即使如此還是得做出選擇。咲太知道沒做出選擇將會面臨何種結果。經歷過麻衣死亡的「未來的咲太」知道，即使如此還是得做出選擇。

『你也看過吧？加護病房裡的牧之原小妹。』

「……」

『她拚命想活下去。她可是一直努力到今天啊……為了避免旁人擔心，她一直藏起煎熬的心情，也掩飾不安……在我面前總是堅強地笑……』

「……」

『牧之原小妹的這些努力，你居然說不在乎嗎……居然說不必獲得回報嗎……』

壓抑聲音的批判毫不留情地砍在咲太身上，精準命中最痛的部位。

然而即使如此，握著話筒的咲太表情也不為所動。

他已經決定要怎麼做了。

為了完成這個目的，他從未來回到這裡。

「我想讓麻衣小姐幸福。」

『這不算是回答！』

「我沒辦法為牧之原小妹做任何事。」

『呃！你……真的是我？』

「沒錯。」

『你腦袋有問題。』

這是由衷的瞧不起。

「或許吧。」

『你瘋了。』

是隱含不耐煩的輕蔑。

「就算這樣也沒關係。」

『……』

咲太堅持到底的態度使得電話另一頭的咲太語塞。

「只要能夠活下來讓麻衣小姐幸福，我甘願如此。」

『這種事我哪懂啊！與其對牧之原小妹見死不救，我寧願出車禍。原本就應該這樣才對。』

「不惜弄哭麻衣小姐？」

『！一定要阻止麻衣小姐出車禍啊！』

對方只說完這些就掛掉電話。

咲太聽著電話掛斷的聲音。

「我真是不明理啊。」

他微笑低語。

現在回想起來就可以接受了。確實，四天前的自己應該也會這麼說吧。十二月二十四日的車禍確實改變了咲太。

咲太一度放回話筒，然後再度拿起來，撥打相同的電話號碼。

『啊，學長？』

接聽的人是朋繪。

「那邊的我怎麼了？」

『不知道。跑得不見人影了。』

『說真的，這是怎麼回事？』

「如妳所見。」

『我就是看不懂才會問啦！』

「基於某個原因，我變成兩個人了。這很常見吧？」

『並沒有。』

「是嗎？」

雖然狀況各有些許差異，但咲太經歷過理央、翔子以及自己共三種類型。既然這輩子遇過三次，應該可以形容為「常見」吧。

『話說，現在正在講話的學長真的是學長？』

「啊，對了。剛才借的三千圓，妳去找那邊的我請款。」

『嗯，果然是學長。』

朋繪接受的方式令人在意，但既然接受了就好。

『是思春期症候群吧？』

朋繪稍微放低聲音問。

「哎，是啊。」

『我能做什麼嗎？』

「妳已經幫我了。」

老實說，咲太沒想到在那個狀況下是朋繪發現他。

『可是，學長還是有兩人吧？這代表學長現在還有問題沒解決吧？』

「這方面我已經有頭緒了，妳放心吧。」

『……』

即使沒看見，腦海裡也浮現了朋繪不滿地噘嘴的臉蛋。

「妳在鬧什麼彆扭啊？」

『哪有鬧彆扭……』

聽聲音明顯在鬧彆扭。

「那麼，再拜託妳一件事吧。」

『咦，什麼事？』

「明天之後，妳就算見到我也要維持以往的態度。」

『……嗯。』

即使聽不懂這番話的意思，應該也從咲太說話的音調得知這是正經的願望吧。朋繪的回應有種嚴肅的氣息。

「如果妳願意一如往常讓我性騷擾，我就會打起精神。」

『我真的要告學長喔。』

「麻煩維持這個調調。」

『我是很認真在擔心耶！』

這個反應讓咲太發出聲音笑了。久違地笑得這麼愉快。

並不是想瞞著朋繪。一切結束之後，咲太打算將能講的都告訴朋繪。但是咲太不知道自己在今天結束之後……正確來說是下午六點過後會變成什麼樣子，所以無從與她約定。

咲太前往未來的原因，應該是「現在的咲太」引發的思春期症候群。當這個思春期症候群消除的時候，未來的咲太將會如何？會回到未來？還是存在本身會和未來一起消滅……咲太不知

道。如果沒到那個時間點，就無法斷言任何事。

『總覺得無法釋懷，不過算了。學長沒什麼時間了吧？』

「嗯。」

『那麼學長，再見嘍。』

「嗯，再見。」

最後被朋繪主導彼此道別。咲太覺得挺有趣的，輕聲一笑，手自然地掛回話筒。但他想起來還有事情要辦，第三次拿起話筒。

搜尋記憶，撥打某個號碼。

按完十一個數字，咲太吐了一口短短的氣，將話筒抵在耳際。

鈴聲響起。

「拜託要接啊。」

想法就這麼說出口。這應該是咲太正在緊張的證據。

鈴聲響了第五聲。

「……」

還沒接聽。

第七聲。或許快要進入語音信箱了。咲太如此心想的時候，鈴聲中斷，電話接通了。

『喂？』

稍微壓低的少女聲音中隱含戒心。大概因為來電顯示是「公用電話」吧。

她之所以特意接聽，是因為身邊有人會打公用電話。

「是我，咲太。」

『果然。』

聲音回復為平常的音調。

『幹嘛？』

和香略顯不耐煩地問。

「抱歉。妳正在準備辦演唱會吧？」

咲太知道和香所屬的偶像團體「甜蜜子彈」預定舉辦聖誕演唱會。

『上場前的彩排剛結束，正在休息……什麼事？』

「妳知道麻衣小姐現在在哪裡嗎？」

『電視台吧？她說要拍室內戲。』

「我想知道那間電視台在哪裡。」

『啊？』

「我想要現在去見她。」

咲太直截了當地說明用意。
『就算趕過去，你也進不了電視台吧？』
和香暗示咲太別說傻話。
『你是傻子嗎？』
她明講了。
「所以我才拜託和香大人啊。」
『啥？你哪裡拜託我了？』
「拜託妳幫忙。」
『……』
「真的拜託妳幫忙。我想突擊訪問給她一個驚喜。」
咲太拚命央求。他不能在這裡打退堂鼓。
『……星期天，發生了什麼事？』
和香回以這個問題。
『帶花楓小妹剪頭髮之後……你和姊姊發生了什麼事？』
「……」
咲太清楚記得那天的事。那天外出的原因正如和香所說，是要帶花楓去髮廊。回程時，咲太單獨和麻衣繞路去了別的地方。和住家所在的藤澤站反方向，搭乘東海道線遠赴熱海，害麻衣在那裡大哭一場。

直到那時候，咲太都願意犧牲自己拯救翔子，然而麻衣的淚水令他混亂了。看見麻衣哭泣的臉蛋，決心動搖了。

咲太第一次想要活下去。

由衷希望活下去。

也希望自己再也不要害麻衣哭泣。

可是，咲太對麻衣說不出這種殘酷的話語。因為這將會以翔子的生命作為代價……

『畢竟姊姊很晚回來……回來之後也立刻窩進房間，什麼都不對我說。』

「這樣啊……」

『這是什麼回應啊！』

「我想，應該是會被妳揍一頓的事吧。」

『啊？』

不悅的聲音傳入咲太耳中。

『咲太，你現在在哪裡？』

「藤澤。醫院附近。」

『立刻來新橋。』

聽她這麼說的咲太看向手錶。

「大概要一小時耶。」

『搭快速電車不用這麼久。四點在JR的烏森出口，汐留方向的。』

「啊？妳的演唱會呢？」

『距離正式上台還有時間，而且我要先揍你一頓。』

「唔哇～～真不想去。」

『還有，反正我還沒決定要送姊姊什麼聖誕禮物。話說在前面，這可不是為了你。』

「放心吧，妳這番話毫無誤會的要素。」

『那麼，四點見。』

「知道了。我立刻過去。」

新橋、烏森出口、汐留。咲太一邊複誦一邊掛好話筒，回收電話上方攤開的零錢，衝出電話亭。

4

咲太回到藤澤站，搭乘ＪＲ東海道線的電車，開往小金井的快速電車。他檢視車門上方液晶螢幕的路線導覽，上頭顯示距離目的地新橋有六站，需要四十一分鐘。看來和香說得沒錯，不用一個小時就會抵達，再來只要祈禱別因為下雪誤點就好。目前還沒有誤點公告。

「媽媽，有人穿兔子裝耶。」

在中途停靠站上車的小女孩指著站在門旁的咲太。咲太還穿著布偶裝，因為太大而放不上棚架的布偶頭，他以雙手抱在身體前方。

因此，除了出聲的小女孩，他也一直受到周圍其他人的注目。不只是經過藤澤站驗票閘口時如此，在月臺等電車時也是如此。

多虧朋繪使得周圍能夠認知咲太存在的現在，咲太沒必要穿布偶裝，但他在心情上不敢脫。

如果，再度沒能被任何人認知……

咲太無法拭去這份不安。

所以即使被投以異樣的眼光，咲太也希望維持顯眼的模樣，想隨時實際感受他人的視線。

幸好今天是十二月二十四日。

大家都認為「哎，畢竟是聖誕夜嘛」。剛才在藤澤站和巡邏員警擦身而過也沒被盤查。賣蛋糕的工讀生趁休息時間溜出來……警察頂多會這麼認為吧。實際上，站前的百貨公司就有許多聖

誕老人與麋鹿，一隻兔子迷路闖進去也不突兀。

「兔子哥哥，拜拜。」

小女孩與母親在咲太要下車的前一站下車。

咲太揮手道別。能對周圍宣傳自己無害是最好的。現在可不能被貼上可疑人物的標籤，不然一不小心還會有人報警。

思考這種事的時候，咲太搭乘的電車抵達目的地新橋站。

門還沒完全開啟，咲太就下車了。

他在正前方的導覽板尋找和香指定的出口。日比谷、銀座、汐留，這一站有很多出口，而且說來複雜，烏森出口還分成烏森與汐留兩個方向。

「原來豐濱說的是這個意思。」

咲太來到這裡才終於知道和香為何在說明出口名稱之後，刻意補充是「汐留方向」。

咲太依照導覽板上的箭頭趕往會合地點。月臺電子告示板的時鐘顯示下午四點快到了。跑下階梯前往驗票閘口，發現和香就在閘口外面不遠處。

咲太投入車票出站。

此時，身穿長外套的和香跑了過來。看得到衣領底下是和香專屬色的黃色T恤——印上「甜蜜子彈」ＬＯＧＯ的那件T恤。

大概是演唱會即將開演，妝容比以往更迷人。她以亮麗的雙眼仰望咲太。

「你在胡鬧？」

這句話當然是針對咲太的服裝。

「我正經思考之後就變成這樣了。」

咲太沒說謊，這是千真萬確的事實。事情有點複雜，若要好好說明會很花時間。

「哎，這樣比較省事，也好啦。」

咲太還在思考要如何說明，面前的和香就逕自認同了。

「這是什麼意思？」

「別問了，跟我來。」

和香早早踏出腳步。

咲太不得已，也立刻追上去。

由於不想節外生枝，咲太決定不問她「不用揍我一頓嗎？」這個問題。

走出車站，前方道路上停著一輛熟悉的車。白色廂型車，和麻衣的經紀人花輪涼子開的車種相同。

咲太才這麼想，就在駕駛座發現涼子的身影。

「快上車。」

和香打開後座車門說「你坐裡面」便將咲太塞進去，自己也坐在他旁邊。

「妳對經紀人小姐說了？」

她正因如此才會在這裡吧，但咲太不經意這麼問。

「我沒通告的時候同樣進不了電視台。幸好有先問涼子小姐的電話號碼以防萬一。」

「但我和妳交換聯絡方式，並不是為了在這時候派上用場。」

涼子從車內後照鏡看向咲太與和香，眼神帶點埋怨。

「不好意思。」

咲太主動道歉。

「雖然幫你這個忙……不過吵架請適可而止喔。」

涼子和咲太的視線透過後照鏡相對。她的眼神在委婉地責備咲太「這是第二次了」。之前在麻衣生日當天，咲太也在金澤給涼子添麻煩，所以完全沒有辯解的餘地。

「不好意思。」

咲太再度道歉。

和涼子的對話中斷時，咲太詢問身旁的和香。

「電視台離這裡遠嗎？」

時間有限，近一點是最好的。

「這裡。」

和香說著指向側邊的大樓。出站之後就一直映入眼簾的站前大樓。

「啊？」

咲太不禁發出脫線的聲音，因為看起來從車站徒步也只有一兩分鐘的距離。

應該說，車子必須行駛在車流量大的馬路上，感覺會用掉更多時間。實際上，咲太上車至今應該經過三分鐘了，車子終於駛入大樓的地下停車場。

「咲太，頭套戴上。」

和香拿起布偶頭，戴在咲太頭上。

視野因此一下子變得狹窄，透過兔子鼻頭小小的洞就是看得見的所有景色。車子在完全進入地下樓層時停車。這裡是警衛駐守的閘門前方。

「這是我們家參加錄影的藝人。」

駕駛座的涼子拿起脖子上戴著的通行證給制服守衛看。

「好的，辛苦了。」

涼子點頭回禮之後，閘門開啟了。車子起步之後，咲太也向警衛低頭致意。車子就這麼開進停車場深處。

「比起樓上的正門，這邊的保全比較好說話。」
涼子停好車之後這麼說明。因此她才特地開車來接咲太。
咲太跟著和香下車，頭套依然戴著，不方便行動，所以咲太想脫掉。
「請維持這樣。」
但是涼子阻止他了。
「我可不希望她爆出帶男友進電視台的醜聞。」
涼子即使輕聲細語，依然對咲太表達強烈的意志。
這個意見很中肯，所以咲太乖乖點頭。涼子大概一開始就打算這麼做，車上的第三排座位不知為何擺著麋鹿布偶裝。和香說的「省事」原來是這個意思。
「可是，這樣不好走路。」
視野範圍只有正前方一小塊。由於看不見兩側，在室內不知道會撞到什麼東西。
「我帶你走。」
咲太的右手臂被緊緊包覆。和香抓住他的手。
「走吧。」
她拉著咲太踏出腳步。
「這麼說來，我的事有對麻衣小姐說嗎？」

涼子剛叮嚀過，咲太講話自然變得小聲。

「沒說。」

咲太自認是在問和香，回答的人卻是涼子。

「我收到聯絡的時候，她還在拍戲。現在應該已經拍完回休息室了。」

三人從地下停車場搭電梯。咲太看不清楚周圍狀況，是靠著知覺得知身體正在上升。

途中，電梯停了好幾次，像是節目工作人員的人匆忙進出，沒和任何知名藝人共乘電梯。

到最後，電梯裡只剩下咲太、和香與涼子三人。抵達樓層的鈴聲響起。

「在這裡。」

門一開，咲太就被和香拉著手臂走出電梯。咲太想確認周圍，踩著小碎步轉一圈。

無論往左看還是往右看，長長的走廊都往前延伸。幾扇門等距離排列，門邊貼著印有藝人姓名的紙。

咲太在走了約十公尺後抵達的門上發現「櫻島麻衣小姐」這個名字。

「……！」

身體老實地起反應。

麻衣在這裡。

麻衣就在隔一扇門的後方……

活生生的麻衣在這裡。

咲太一這麼想，身體就微微顫抖。

「咲太？」

大概是從手臂感受到情緒了吧。

咲太還沒回答，涼子就輕敲麻衣休息室的門。

「我是花輪。現在方便嗎？」

「好的，請進。」

隔著門傳來麻衣的聲音。

肯定沒錯。

不可能聽錯。

耳膜的振動擴散到全身，整個身體感受到麻衣的存在。

麻衣真的在。

麻衣就在裡面。

「……」

咲太想輕喚「麻衣小姐」卻發不出聲音。

涼子打開休息室的門。

「辛苦了。」

她一邊說著慰勞的話一邊走進去。

「涼子小姐也辛苦了。」

「那個，有妳的訪客……」

「訪客？」

和香先進入休息室。

「和香，怎麼了？」

「我送聖誕禮物過來。」

被和香拉著手的咲太也進入房間。傳來關門聲。涼子繞到後方將休息室的門關緊。

咲太從布偶裝的狹窄視野發現麻衣。麻衣位於小洞的另一邊。活著的麻衣就在那裡。

麻衣也看著咲太，往咲太這邊看。

「……」

困惑與疑問參半的表情。但她沒從咲太身上移開視線，不發一語地注視著布偶裝。

好想現在就對她說話。想脫掉布偶裝，對她說「我是梓川咲太」。

然而，現在的咲太做不到這兩件事。

只有咲太知道做不到的原因。

他沒有自覺第一滴是何時滑落的。淚水的龍頭完全鬆掉，來不及強忍就流了下來，無止盡地奪眶而出。

「……」

明明有事情想告訴麻衣，卻什麼都說不出口。一旦開口，哽咽的聲音就會暴露自己正在哭泣的事實。

「麻衣活著」的喜悅撼動全身每一個細胞。咲太因為歡喜而嗚咽，只能在情感的洪流裡載浮載沉，只能靜心等待波浪平息。

「和香，謝謝妳。涼子小姐也是，抱歉又給您添麻煩了。」

麻衣暫時從咲太身上移開視線，向兩人這麼說。

「之後沒問題了，就讓我們獨處一段時間吧。」

麻衣像是明白了某些事的這番話使咲太感到安心。

電視台的休息室有股咲太不熟悉的香味。化妝品並排在大鏡子前面，後方的鋼管架掛著戲服。這些物品加上成年女性使用的香水，醞釀出有點甜膩的香味。

房間約五坪大，一半是高一階的榻榻米空間。

咲太就這麼穿著兔子布偶裝坐在榻榻米上。頭套也還沒脫掉，就只是坐著不動，等待身體的

顫抖平復。

不久，休息室的門從外面開啟。

送和香到電梯前面的麻衣回來了。

她將手伸到身後緩緩關上門。

雙眼一直看著低著頭的咲太。

「你還要這樣多久？」

麻衣問。

咲太搖一次頭作為回應。因為要是發出聲音，麻衣就會發現他還在哭……

「你來這裡不是為了默默坐著吧？」

麻衣的腳步聲接近咲太。

低著頭的布偶裝頭套裡看得見麻衣的腳。她來到咲太面前了。

「你從未來回到這裡，不是為了做這種事吧？」

「！」

「真是欠人照顧。」

「麻衣小姐……」

咲太抬起頭。同一時間，狹窄陰暗的視野射入光芒。麻衣幫他脫掉布偶裝的頭套。

麻衣在面前。

可以清楚看見麻衣。

她正在對咲太溫柔地微笑。

「真的是……麻衣小姐……」

快要止住的淚水再度盈眶流下。臉被淚水與汗水濡濕得亂七八糟。麻衣朝這樣的咲太伸出雙手，像要把整顆頭包覆一般將咲太摟入自己懷裡。

「麻衣小姐……？」

「太好了。」

這句話傳入耳中。咲太聽不懂意思。

「我確實保護咲太了。」

「……」

聽了麻衣切入核心的這句話，咲太並不是沒被嚇到。只是咲太立刻從麻衣這句話理解到她已經得知一切。

「太好了……」

麻衣又說了一次。

「……麻衣小姐，一點都不好。」

聲音依然因為哽咽而走音，帶著鼻音。

「我害得……麻衣小姐……」

「我終於成為你的助力了。」

「……！」

想法沒化為言語，咲太只想否定麻衣這句話，不斷搖頭，像個耍賴的孩子一直搖頭。

「我沒想到妳會那麼做。」

「我不是說過嗎？我比你想像的更喜歡你。」

麻衣抱著咲太頭的雙手增加力道。麻衣的心跳從直接相觸的部位傳來。活著的證明，生命的搏動。

在這一天，在這一瞬間，麻衣心意已決。

咲太在麻衣體溫的包覆之下，後知後覺地明白這個事實。無論發生什麼事都要拯救咲太。麻衣已經如此下定決心。

「咲太，對不起。」

溫柔的聲音。

「麻衣小姐為什麼要道歉？」

「害你哭成這樣。」

「我……」

「留下你孤單一個人。」

「我……我……」

說不下去。想不到後面該說什麼。只有想念麻衣的心情沒能化為聲音或言語，而是化為淚珠奪眶而出。

被緊抱的全身感受著麻衣，傳到耳際的呼吸帶來安心。咲太以內心接受麻衣為他著想的這份心意。

咲太已經不想停止哭泣。這些淚水也是麻衣給的，所以咲太依偎在麻衣懷裡不斷哭泣，想對麻衣回以相同分量的情感。

但是，咲太不能永遠這樣下去。

咲太有非做不可的事。

而且，麻衣也是。

「咲太。」

麻衣溫柔地叫喚咲太的名字，放開咲太。

「讓我好好看看你。」

她以雙手輕輕捧著咲太的臉。咲太抬頭看她。

「沒什麼成長耶。」

麻衣像是覺得有點無趣般笑了。

「畢竟我雖然來自未來，但也只是四天後的未來。」

「什麼嘛。咲太在語音信箱留言……說未來的咲太在這裡，所以我很期待的耶。」

「我總有一天會成長，請等到那時候吧。」

麻衣對此含糊一笑。

「我該走了。」

「去哪裡……？」

「我和咲太說好要約會。」

麻衣朝著掛在衣架上的大衣伸出手，雙腳準備走出休息室。

「麻衣小姐，等一下！」

咲太起身抓住麻衣的手臂阻止她。

「放手。」

聲音雖然平靜，卻感覺得到堅強的意志。

「沒事的。」

「哪會沒事！」

麻衣回以強烈的抗拒。她轉身看向咲太時，雙眼微微噙淚。

「你要是知道我會出車禍，肯定會更打算犧牲自己吧！絕對會認為還是應該由你出車禍。」

「……」

「奪走翔子小妹與翔子小姐的未來，唯獨自己活下去？你不可能這麼想！」

咲太認為這番話一點都沒錯。麻衣非常清楚咲太的為人。

「要是我不去，你就會死啊！」

麻衣知道咲太的為人，卻也不知道另一件事。她沒能得知「未來的咲太」的想法，不知道咲太一度失去麻衣之後做出的覺悟。

「放手！」

麻衣想掙脫咲太的手。咲太反而抓著她的手拉她過來，整個人從背後抱緊她。

「請麻衣小姐待在這裡。求求妳。」

用力抱緊以免麻衣逃走。

「求求妳……」

然而，咲太的聲音微弱又沙啞。

全身發抖到連自己都感覺得到。

發抖到丟臉的程度。

「……咲太？」

本應不顧一切抱緊麻衣的手臂也幾乎使不上力。這反倒剝奪了麻衣抵抗的意志。

「我受夠了……我不要麻衣小姐消失……」

身體止不住發抖，打顫到腳跟幾乎要離地。

「請在這裡待到六點過後。」

「可是……」

「沒事的。」

「……」

「我自己的事，我會想辦法處理。」

咲太自己也不認為這番話有說服力。

到現在依然發抖到難為情的程度。

咲太打從心底感到害怕。

害怕失去麻衣。

從骨子裡感到恐懼。

對自己即將採取的行動感到恐懼。

因為這也等於要奪走翔子的未來。

「咲太，你甘願這樣？」

麻衣的聲音扼殺了自己的意志。

「……」

咲太默默點頭回應。

「我決定了。」

一邊強忍湧上心頭的情感一邊擠出聲音。

「所以，請麻衣小姐在這裡等。」

「……」

麻衣還在猶豫，從她的呼吸感覺得到。

「反正以我的個性，我會哭哭啼啼的回來見妳，所以……」

「咲太……」

「請妳像這樣緊抱住我。」

「真的可以嗎？」

「到時候，請麻衣小姐成為我的支柱。」

「咲太……」

「這樣的話，我會讓麻衣小姐幸福。」

「……」

麻衣一陣鼻酸，輕聲吸氣。咲太讓麻衣握住一把鑰匙。咲太家的鑰匙，放在信箱的鑰匙。

「請在這裡等。求求妳。」

「……知道了。」

麻衣輕聲說，握緊手中的鑰匙。

「麻衣小姐，謝謝妳。」

「不過，你誤會一件事了喔。」

麻衣在咲太懷裡轉身，和咲太面對面，額頭輕輕頂了過來。

「我不需要咲太讓我幸福。」

「……咦？」

「要一起幸福。我要和你一起幸福。」

麻衣這番話輕輕落在咲太內心。麻衣的存在從該處擴散到咲太全身，比春天灑下的陽光還要暖呼呼的感覺。人們應該會將這一瞬間稱為「幸福」吧。

「我果然……」

咲太的嘴角忍不住笑了。

「什麼事？」

就在面前的麻衣似乎有點不滿。

「敵不過麻衣小姐。」

光是這句話，咲太的身體就不再發抖。

和麻衣一起幸福。

即使迷惘，即使苦惱，只要有這句話，感覺就可以筆直前進到底。只要兩人心心相印，發生任何事都沒問題。

咲太依依不捨地緩緩離開麻衣。要是繼續相擁，咲太將無法離開這裡，想要一直在這裡感覺麻衣的存在。

然而，咲太非去不可。

非得再度前往下雪的那個場所不可。

「咲太，我等你。」

「好的。」

為了遵守約定。麻衣相信咲太而做出的約定……

「我在等你，所以你要好好回來喔。」

「好的。」

為了遵守這個約定，現在非得分開不可。

「咲太，路上小心。」

「麻衣小姐，我走了。」

5

離開麻衣休息室的咲太請在走廊上待命的經紀人小姐開車送他到新橋車站。一個不小心被媒體業界人士看見就麻煩了，所以咲太穿著全套布偶裝……

咲太從新橋站搭乘和剛才方向相反的電車。ＪＲ東海道線開往熱海的電車。

穿著布偶裝搭車約四十五分鐘，在居住城市的藤澤站下車之後，轉搭小田急江之島線的下行電車。

電車切換軌道起步，經過站前的商業區之後，窗外立刻轉變為恬靜的郊外住宅區光景，獨棟住家的屋頂積著薄薄一層雪。咲太心不在焉地眺望風景的這段時間，電車中途停靠本鵠沼站以及鵠沼海岸站之後，抵達終點片瀨江之島站。

月臺沒有屋頂遮蔽的部分也積了數公分的雪。看起來應該是小學生的男童在沒人踩過的新雪留下腳印玩樂。

咲太看站內的時鐘確認時間。還沒五點半。
距離車禍發生還有三十分鐘。
咲太將車票投入機器，通過驗票閘口。
人潮在站前分成兩路。往右是水族館的方向，直走是跨海通往江之島的弁天橋頭。
不同於第一次的十二月二十四日，咲太沒往水族館的方向走，而是走向弁天橋。
即使是大雪飛舞的惱人天氣，通往車站的路上依然有許多行人。大學生情侶相互依偎擠在一把傘下，年輕家庭帶著開心賞雪的小學生。沒人抱怨下雪，反倒洋溢歡迎的氣氛，大概因為今天是神聖的夜晚，眾人將雪當成一種特效而樂在其中。
難得積雪的這座沿海城市好幾年沒在聖誕夜下雪了，人們的心情難免亢奮。
在這樣的氣氛中，咲太沒撐傘走著。
咲太也知道距離車禍現場愈近，自己的心臟就跳得愈快。身體在緊張，雙腳平靜不下來。
在那之後，咲太就沒來過這裡。
因為無論如何都會想起麻衣倒在路燈下的身影。
咲太的本能拒絕來到這裡。
但是，咲太來了。
有某件事必須來到這裡才能做。咲太應該在這裡做某件事。

然而，現在做這件事還太早了。

「……」

老實說，咲太還在猶豫是否該去。正因為猶豫，所以咲太暫時離開車禍現場，走地下步道前往134號國道的另一邊。這裡設置的行人專用道是從交通流量大的134號國道正下方穿越，藉以順利引導遊客前往江之島架設的弁天橋。

咲太走這條步道來到馬路另一邊。弁天橋就在眼前。

幾乎所有人都走向橋頭要前往江之島，只有咲太在中途停下腳步。

掛著兩盞龍燈籠的前方。

依照來自未來的咲太知覺就是四天前……第一次的十二月二十四日，和大翔子約定會合的場所。

還沒看到翔子。咲太對此稍微鬆一口氣，隨即發現即使這麼冷，額頭依然微微冒汗。

穿著布偶裝，光是行走就會消耗體力。

咲太拉開背後的拉鍊，只脫掉上半身的布偶裝休息一下。裡面穿的是學校運動服。他坐在燈籠旁邊的台階上，將手上的布偶頭抱在前方靠著。

許多情侶檔從這樣的咲太面前經過，目的地是如燈塔矗立在江之島頂端的「海燭」燈飾。從這裡也能清楚看見點燈的「海燭」。若是前往江之島頂端，腳邊肯定是整片遼闊的光之花田。

所有人都對身穿布偶裝的咲太一度感到好奇，卻立刻將注意力轉移到燈飾上。

只有一人刻意停下腳步。

這個人自從發現咲太，驚訝就寫在臉上，雙眼若有所思地晃動。即使如此，來到咲太面前時依然回復為以往的平穩表情。

「讓你久等了。」

「不算等啦，畢竟時間還沒到。」

「咲太小弟期待和我約會，所以提早到了是吧？」

「沒錯。」

咲太很乾脆地承認。他來這裡不是為了耍嘴皮子。

「話說回來，這套決勝服真是性格耶。」

翔子看著咲太的打扮，毫不客氣地笑。

「我今天一直穿著，感覺已經是身體的一部分了。」

翔子則是穿著寬鬆的厚毛衣加長裙，很像她的風格。她和咲太同樣沒撐傘，只在肩膀上加一條披肩。

翔子的手觸摸咲太頭頂。

「積雪了喔。」

她說著幫忙拍掉雪。

「對不起。」

接著，她忽然道歉。想詢問道歉原因的咲太眼中映著翔子有點落寞的臉，所以他沒問。

「我失敗了。」

這次不用反問，咲太也知道這句話的意思。

「並沒有失敗喔。」

「可是，咲太小弟不是像這樣在這裡嗎？而且是未來的咲太小弟。」

翔子的話語切中核心。這是答案，也是一切。翔子全知道了。即使不知道咲太看見怎樣的未來，也知道咲太是基於什麼原因非得從未來回來不可。因為她自己就是如此……

「……」

咲太緩緩搖頭。

他想表達否定之意。

「多虧翔子小姐，才有現在的我。」

這句話不是謊言。

這句話包含的想法沒有虛假。

多虧翔子告訴他未來發生的事。

多虧她努力要保護咲太的未來。
因為翔子給予咲太選擇的機會……
多虧翔子，咲太才能走到現在。
成為現在在這裡的咲太。
成為選擇了重要事物的咲太……
從兩年前就一直是如此。
自從在七里濱的海岸相識，翔子就沒有變過。
她是咲太的支柱，一直是咲太的憧憬。
想要效法翔子，成為他人的支柱。咲太抱著這個願望活到現在。只對一個人就好，希望能成為這個人心目中的這種存在。
到最後，雖然現在也沒能實現這個願望，但咲太找到了唯一的這個對象；無論如何都想保護的對象；想給予幸福的對象；想一起度過這一生的對象……
咲太認為如果沒認識翔子，自己便無法得到這種想法。
重要的事情總是翔子教的。
「謝謝」不足以表達內心的這份感謝。
「對不起」不足以傳達內心生痛的這份心意。

在這種時候，人們應該怎麼說？

咲太還不知道。翔子也只有這件事沒教他。

但是，不知道是當然的，翔子沒教是當然的。因為找遍全世界，應該也找不到這麼方便的話語吧……

即使如此，咲太依然開口想傳達某些事。

「翔子小姐，我……」

但他說不下去，找不到後續的話語。

不知道該說什麼，只有確實存在於此的情感在咲太體內形成漩渦捲動。明明到處都找不到出口，卻只有心意源源不絕地溢出。

翔子看著這樣的咲太微笑。

「咲太小弟。」

她如此輕喚。

「來牽手吧。」

接下來這句話令咲太感到意外。

翔子將手伸過來。咲太沒抗拒，將自己的手疊在她手上。

手掌傳來翔子的存在，每根手指感受到翔子的存在。

「有點害羞耶。」

翔子難為情般笑了。她只瞥向咲太一次……卻立刻看向江之島的方向。

「海燭」的燈飾照亮白雪飛舞的夜空。

咲太也筆直看向燈光照亮的世界。

冬天的海風好冷。

在身體知覺逐漸變得遲鈍時，只有左手的翔子體溫讓咲太真實感受到自己的存在。

翔子稍微用力地握住他的手。

「……」

傳給咲太的是細微的不安。

咲太的手也反射性地使力。接著，翔子也更用力地握他的手。剛才感受到的不安絲毫不存在於該處。

隱約感受到像是要激勵咲太的力道。咲太再度緊握。咲太認為這是翔子在為他打氣，為今後……咲太繼續打造的未來打氣。

不久，翔子牽著咲太的手放鬆力氣。她微微前後晃動輕輕相繫的手，像情侶嬉鬧的行為。沒有不安，也沒有激勵，只有翔子一如往常惡作劇般的氣息。

相繫的手傳來更勝於言語的心意。

咲太的心意大概也下意識地傳達給翔子了。

正因如此，咲太再度對翔子開口：

「翔子小姐。」

努力說出現在能說的話就好，即使是笨拙的話語也能傳達某些東西。咲太這麼認為。

「……」

翔子不發一語，但咲太知道她在聽。

「這一切，我會帶走。」

「……」

「這一切，我會帶到未來。」

「……」

「和翔子小姐共度的時間，翔子小姐給我的一切……牧之原小妹的努力，所有的記憶……我會全部帶到未來。」

「……」

翔子微微搖頭。

「咲太小弟，你認為人為什麼能夠忘記各種事情？」

「我不會忘的。」

「我認為一定是因為人們也有想忘掉的事情，所以能夠忘記。」
「……」
「因為難過的記憶永遠留在心中，是最令人難過的事。」
「既然這樣，我就沒理由忘記翔子小姐了。」
「……為什麼？」
「因為對我來說，翔子小姐是酸酸甜甜的初戀回憶，沒必要忘記吧？」
「咲太小弟……」
翔子話中有話般講到一半就停住。
在意後續的咲太看向翔子時……
「你真的很彆扭耶。」
翔子這麼說著露出笑容。
咲太不再以話語回應，因為他知道翔子也不希望他回應。
兩人的視線自然回到正前方。
長長筆直延伸到江之島的橋。
看似浮在海面的小島。
小島頂端是披著冰雪結晶的光之世界。

現在咲太只想將自己和翔子一起欣賞的這幅景色留在記憶裡，想將左手傳來的翔子的存在刻在心底。

因為能像這樣待在這裡的時間也不長了……

因為咲太接下來要做別的事……

而且，這段不長的時間很快就結束了。

「我該走了。」

內心依依不捨。雖然不捨，但咲太並不躊躇。

「好的。」

翔子簡短回應之後放開手。咲太重新穿好布偶裝，翔子幫忙拉上背後的拉鍊。

咲太拿著布偶裝的頭，和翔子面對面。

該說的話浮現在腦海。咲太認為自己來見翔子就是為了對她說這句話。

咲太筆直注視翔子的雙眼。

「翔子小姐，再見。」

他清楚地說了。

一瞬間，翔子的雙眼落寞地晃動。即使如此，她依然維持笑容。

「咲太小弟，拜拜。」

她微微揮手。

咲太轉身踏出腳步。他知道翔子還在身後揮手，即使知道也沒回頭。

像是要將雙腳剝離地面，一步一步前進。從鑽過134號國道的地下步道走到馬路對側。

時間即將來到晚上六點。

看到車輛打滑肇事的現場時，咲太將抱在腋下的布偶頭套在頭上。

依照量子理論的話，來自未來的咲太不能遇見現在的咲太，不能在相同的時間與空間同時被認知。

反過來想，不被認知的話就可能同時存在。至少咲太今天就和「現在的咲太」講過電話。

所以，只要打造出「是咲太，卻沒人知道是咲太」的狀況就好。

如同生死機率各半的貓所在的那個箱子。內容物或許是咲太，或許不是咲太。

咲太在布偶裝裡屏息以待，隨即聽到熟悉的呼吸聲。聲音逐漸接近。咲太確信自己的假設沒有錯。

「現在的咲太」以匆忙的腳步跑在薄薄的積雪上。咲太從兔子布偶裝的鼻孔看著他。是身穿制服的自己。

說起來，為了避免他來到車禍現場，咲太在電話裡引導他去水族館那邊，但是「未來的咲太」說的這個謊似乎穿幫了。

「現在的咲太」看著道路對側……龍燈籠這裡。這個咲太發現了某個東西。應該是看到了翔子的身影。

幾乎在同一時間，車輛的喇叭聲響起。在這個時候，穿布偶裝的咲太已經開始行動。

黑色廂型車急踩煞車導致輪胎打滑。前方車輛慢速行駛，所以差點追撞上去。

一度失去摩擦力的輪胎搞笑般在融雪濕透的路面滑行。

「咲太小弟！」

大喊的人是翔子。察覺車輛接近的「現在的咲太」身體僵住，但他的側臉看起來甚至帶著灑脫的感覺。

這是當然的吧。因為他認為犧牲自己是最好的方法。

咲太也一度這麼認為，所以可以理解。

若能將翔子的生命延續到未來就正如所願……既然也不能犧牲麻衣，那麼自己才是應該出車禍的人……他應該這麼認為。

然而，失去麻衣的經歷……那段絕望的記憶，讓咲太選擇了另一個選項。

要活下來讓麻衣幸福，要和麻衣一起幸福。

周圍發現車輛打滑的人們驚聲尖叫。咲太感覺這彷彿是遠方某處發生的事，就只是為了達成目的而前進。要做的事情很簡單。

面對車輛接近而佇立在原地的「現在的咲太」，被穿著兔子布偶裝的「未來的咲太」從側邊撞飛。

6

有種被某人撞飛的感覺。

也確實有種將某人撞飛的觸感。

咲太察覺之後，手掌感到寒意。右手與左手都好冷。

張開眼睛，在積雪的柏油路面看見自己的雙手，知覺逐漸被寒冷剝奪啃食。

「我……」

咲太就這麼沒能好好消化現狀，從趴著的姿勢戰戰兢兢地起身。首先感受到的是一股異常的氣氛，緊張感圍繞著咲太。

刺耳的喇叭聲混在這股氣氛裡響個不停。

受到聲音引導的視線捕捉到撞倒道路標誌桿而停下來的黑色廂型車，車頭變形，動彈不得。

周圍人群的氣息喧囂不已，後來經過的人們也接連停下腳步，想知道發生什麼事。眾人看著肇事車輛議論紛紛。

「同學，有受傷嗎？哪裡會痛嗎？」

年輕警官詢問愣在原地不動的咲太，大概是從不遠處的派出所趕過來的。另一名年長警官使用無線電向某處報告這場車禍。

「這是你的嗎？」

警官拿起兔子布偶裝的頭部，身體部分也倒在咲太腳邊。

兩邊裡面都是空的。空空如也。

咲太直到剛才都穿在身上的布偶裝。這份記憶與知覺留在體內，另一份不明就裡的記憶與知覺也同時在咲太體內共存。

「原來如此……是這麼回事啊。」

夢囈般的話語脫口而出。

「未來的咲太」和「現在的咲太」原本就是因為思春期症候群而分裂的個體。要選擇翔子的未來？還是選擇和麻衣的未來……被迫二選一的這個狀況壓垮內心，使得咲太否定未來，希望車禍那一瞬間不要來臨……他的這份意志將眼中的世界速度拖慢。如果相信理央的說法，在這個世界動得比較快的物體，時間行進的速度會比較慢。以結果來說，否定未來的咲太因而預先得知了未來。

去除思春期症候群原因的現在，咲太的意識終於合而為一。只要過了十二月二十四日的下午六點，就不必在「翔子的未來」與「和麻衣的未來」之間做抉擇。

看著中空的布偶裝，大腦就理解狀況，記憶與知覺也融合為一。感覺兩個咲太的輪廓逐漸變得模糊。兩者都是咲太，所以沒有真假之分，只不過是復原罷了。

「救護車會來，到醫院診療一下吧。」

警官擔心地觀察咲太的臉。

「我沒事。」

咲太只說了這句話就邁開腳步要離開車禍現場。

年輕警官再度擔心地詢問，但咲太沒回應。

咲太行經地下步道再過馬路，在龍燈籠前方停下腳步。他莫名比較起兩盞燈籠。

「……」

即使做這種事，也找不到翔子的身影。

大翔子已經不在這裡了。

咲太親手封閉了她的未來。

這是咲太自己選擇這麼做的……

為此，他今天奔波了大半天。

而且明明迎來心目中的結果，但不只是毫無成就感，咲太心中也沒誕生任何喜悅，內心就只是受盡煎熬。

好難受，無法忍受自己站著不動……為了盡可能逃離這份痛苦，咲太走向江之島。

跨海將近四百公尺的弁天橋。咲太獨自走在這座筆直平坦的橋上。

夜晚的大海低吼著，聽起來也像是某人的嘆息。

身體中心逐漸變得火熱。眼角好熱，鼻腔好痛。即使如此，咲太依然拚命忍著別掉淚，甚至不知道自己要去哪裡，就只是一步步踏出去，左腳與右腳交互向前。

咲太覺得這麼一來就可以抵達某處。

走完這座筆直延伸的橋。

雙腳踩在江之島。

但他沒停下腳步，繼續默默行走。

筆直走過上坡的仲見世大道，經過江島神社境內，沿著長長延伸的階梯往上爬。以自己的雙腳愈爬愈高。

即使上氣不接下氣……

即使腿部肌肉發出哀號……

咲太依然沒休息，朝著不是這裡的某處前進。
每爬一階就問自己一次。
這樣好嗎？
真的對嗎？
沒做錯嗎？
沒有其他的方法嗎？
令咲太迷惘的疑問無止盡地從咲太體內誕生。
咲太逐一出聲回答這些疑問。
「沒有喔。哪有什麼其他的方法……」
緊咬牙關爬上石階。
「怎麼可能是對的……也不想想我做了什麼……」
又一階。
「大錯特錯……」
強忍至今的淚水一顆顆落在自己大腿上。
「一點都不好吧……這樣……哪可能好……」
吸著鼻水，擦著淚水，再爬一階。

不可能說出「太好了」這種話。

「太好了」指的是翔子的未來獲得保障，咲太也平安無事，麻衣也活著的結果。大家都能常保笑容的未來……這樣的結果肯定才叫「太好了」。

現在這種結果絕對不算好。

雖然不算好，卻只能這麼做，因為所有人都能得救的如意手段不存在，因為魔法般的手法不存在。

咲太能做的只有選擇麻衣，只有放棄翔子。

「所以……這種結果，怎麼可能好……別問我這種問題啦……」

咲太說完咬牙走上最後一段石階。

氣喘吁吁，以無力的雙腿走到「海燭」下方。

如同藤架的燈飾隧道，在前方等待的是光之花田。今天那裡獲得來自天空的白雪贈禮。燈飾光芒照亮的雪為點亮燈光的庭園營造出奇幻風格。

彷彿是夢中的世界。

周圍盡是情侶，不然就是大學生團體，也有一些全家福。其中只有咲太獨自行走。

再怎麼轉頭張望，夜晚、光輝加白雪的這個世界也沒有翔子的身影。自己來到這裡是為了親眼確認這個理所當然的事實，咲太走到這裡才慢半拍察覺。

這個世界沒有大翔子。

不會從未來回到這裡。

因為這個未來已經失去了……

咲太親手奪走了。

「……」

什麼都感受不到了。

不覺得冷，也不覺得悲傷。

映入眼簾的景色應該很美麗，內心卻完全不為所動。

咲太就只是像想起某件重要的事……

「得回去才行……」

他逕自呢喃。

回家的過程記得不是很清楚。

是用走的？搭電車？還是搭公車？記憶模糊不清。即使如此，咲太依然踏上歸途，在看得見住家公寓時，發現一個人影孤伶伶地站在公寓門前的路上。

撐傘的高挑女性身影，拿傘的雙手像是覺得很冷而相互摩擦。男用的大傘積了許多雪，顯示她在那裡站了很久。

「麻衣小姐……」

發現麻衣的咲太停下腳步。

同時，麻衣也發現咲太並與他四目相對，她的雙眼安心似的逐漸濕潤。即使如此，麻衣依然咬著下唇忍著不掉淚。

麻衣的反應僅止於此。

沒叫咲太的名字，也沒跑過來。

目不轉睛地注視咲太，等待咲太回來。

「原來如此。所以……」

這是她和咲太做出的約定。「我一定會回來，請等我。」咲太是這麼說的，所以麻衣堅守約定，在這裡等咲太回來。

「……！」

看來淚腺完全糊塗了，即使哭過那麼久依然流得出眼淚。溫熱的淚水奪眶而出。

咲太擦都不擦，任憑白雪飄落，一步步走回麻衣身邊，一步步走回歸宿。

回憶著抵達這個地方的路程……

細細咀嚼每一步的意義……

咲太朝地面踩下最後一步。

麻衣撐傘的下方，只有這裡幾乎沒積雪。

「……」

麻衣還沒說任何話，就這麼默默將傘移向咲太。

「……」

有所等待的視線。

咲太知道她在等待什麼，連三歲小孩都知道。人們回來之後都會說的那句話。

咲太拭淚之後抬起頭。

「麻衣小姐，我回來了。」

然後，他以現在能露出的最燦爛的笑容這麼說。

麻衣緩緩微笑回應：

「咲太，歡迎回來。」

她以溫柔的聲音迎接咲太。

第三章

不會夢到初戀美少女

1

有一股烤吐司的香味。

在平底鍋上滋滋作響的應該是荷包蛋。

某人踩響拖鞋的腳步聲從咲太頭上經過。才這麼想，就傳來窗簾拉開的舒暢聲音，眼皮外側也同時感受到光線。

腳步聲回到咲太這裡。

某個東西靠近臉，接著額頭被輕拍一下。

「已經過十點了，起來。」

「麻衣小姐，我已經起來了啦。」

咲太就這麼閉著雙眼回應。

「那麼，早餐趁熱吃吧。我要出門。」

麻衣的氣息遠離。咲太追著她似的睜開雙眼，不過眼角莫名卡卡的，無法好好睜開。昨天哭個不停，連睡著的時候也在哭……淚水乾掉的成分黏在睫毛上。

咲太以手指揉眼角，不斷眨眼，爬出客廳暖桌起身。

「妳說出門，是要去哪裡？」

雖然咲太這麼問，但他還沒得到回應就知道答案了。

看見麻衣的模樣就懂了。因為她不知為何穿著峰原高中的制服，正在制服外面披一件大衣。

「學校。」

麻衣簡短回答。

「今天開始放寒假了喔。」

不然的話，現在是完全會遲到的時間。不，是已經確定遲到的時間。

「我昨天拍戲請假，所以要去領成績單。」

「那麼，我也去。」

咲太說完，「呵啊～～」打了一個大呵欠。

咲太吃完麻衣準備的早餐之後，匆忙換上制服，和麻衣一起出門。

「頭髮還是翹的。」

前往藤澤站的途中，麻衣幫咲太按住頭髮，但頑固的翹頭髮總是撫不平。

這樣的咲太與麻衣彼此明明沒有主動要求，不過自從走出公寓就一直牽著手。

在旁人眼中，是有點靜不下心的高中生情侶。
因為過於光明正大，擦身而過的人們都沒發現女方是「櫻島麻衣」。
經過一個晚上的大雪，通往藤澤站的道路各處都剷雪完畢，馬路與人行道角落堆起好幾座高達一公尺的雪山。
多虧如此，人車都沒被積雪妨礙，以正常速度往來，只有行人少的巷弄依然留著昨天下的雪。從大馬路轉進小巷，就會看到還沒有任何人踐踏的雪積了將近十公分高。
看著這片雪白光景，意識就逐漸回到昨天。
每次下雪，咲太肯定都會回想起來，想起比這片雪還早融化消失的可憐女孩……也就是翔子小姐……
「……」
咲太被這片雪白吸引注意力時，某個冰涼的物體突然按在他的臉頰上。
「唔哇！」
咲太不禁哀號。連忙抽身一看，麻衣單手拿著稍微捏硬的雪球露出笑容。
「晚點要堆個雪人嗎？」
她開心地這麼提議。
「麻衣小姐好幼稚耶。」

「是喔。那就算了，我一個人堆。」

「那就在學校操場堆吧。」

既然整片操場都覆蓋著白雪，想必能堆一個大雪人吧。

「其實你也想堆嘛。」

麻衣也不是真的想堆雪人。堆雪人不是目的。咲太與麻衣都只是想維持平常的樣子，可惜果然做得不是很好……不過，兩人都盡目前最大的心力關懷彼此。

交談的話沒什麼太大的意義。不過，聊這種沒什麼意義的話題是有意義的。兩人明白這一點就好。只要明白這一點，兩人應該就可以一起走下去。

熟悉的藤澤站前景色一如往常，即使是上午也有許多人。和平常略為不同的地方頂多就是因為學生已經放寒假，即使不是假日依然帶著假日的氣息。

除此之外，即使是十二月二十五日應有的熱鬧程度，但是在站前感受不到特別的氣氛，給人的印象就是一般的聖誕節。

昨天，發生一件對咲太來說驚天動地的大事件。

這個影響至今也沒有平息。即使是這一瞬間，內心的水面依然是壞天氣，發出吼聲捲起大浪。這也對身體造成影響，咲太起床時就有種快要感冒的倦怠感，也受困於一種近似焦慮的感覺。他只不過是佯裝不以為意罷了。

城市一反咲太的心情，看起來比往常還要一如往常。
無論咲太發生什麼事或是想做什麼事，幾乎都不會對世間造成影響。
人們平凡無奇地正常運作。
百貨公司前方的特設賣場，聖誕老人與麋鹿在舉辦蛋糕的半價特賣；只要在車站月臺等，電車就會準時進站。
即使咲太以為將一輩子的淚水流乾，即使他放聲哭喊，世間也沒有任何改變。就是這麼回事，這個世界就是這樣設計的。
咲太不認為這是冷漠。
可以接受世間就是這麼回事。
咲太也一樣，如果是素昧平生的人發生這種事，他也不會察覺而不聞不問吧。只是因為知道這件事，介入這件事，並且成為當事人，所以看見的景色和別人不同，只是有所感觸罷了。
大家肯定都是各自懷抱著這樣的心情活在當下。
「好漂亮。」
坐在身旁的麻衣低語。她正轉頭看車窗外的景色。
「在說自己嗎？」
「我是說海。」

麻衣帶著恐怖的表情瞪過來。

「哎，嗯，很漂亮。」

「說我嗎？」

「是說海。」

「是喔……」

「畢竟麻衣小姐超漂亮。」

「是是是。」

「我是說真的耶……」

咲太看著麻衣希望她理會，她卻不肯看咲太。咲太不得已，也學麻衣看海。

冬季的淡藍色天空下，海面反射陽光閃閃發亮。

這是看過無數次的景色。對咲太來說，這是通學必經之路，幾乎每天都會看。不過今天的海看起來和以往看的任何海都不同。

覺得比以往還要美麗。

之所以有這種感覺，是因為選擇了活下去。

因為麻衣在身旁。

不知何時變得理所當然的事物，在這一瞬間看起來都具備不同的價值。

理所當然的事物並非理所當然。得知這個道理的咲太感受事物的方式改變了。

電車緩緩地沿海行駛。現在的咲太覺得這個緩慢的步調很舒服，足以欣賞周圍景色的悠哉速度最適合他傷痕累累的心。

電車發出煞車的摩擦聲停止。

是咲太與麻衣要下車的七里濱站。

咲太起身，牽著麻衣走到月臺。

「她是不是櫻島麻衣啊？」

「不會吧？那是本人？」

電車裡傳來這樣的聲音。

「旁邊是男友？」

「……總覺得很普通？」

發現兩人的應該是聚集在門邊的女高中生團體。咲太沒有刻意轉身確認。她們似乎還在討論，但是車門關上之後就聽不到了。電車立刻起步，投向兩人的視線也消失在鎌倉方向。

「居然說你看起來普通，真沒眼光。」

麻衣就這麼和咲太手牽手，將月票ＩＣ卡放在簡易驗票機感應。她的側臉看起來很愉快。

「那麼在有眼光的麻衣小姐眼中，我怎麼樣？」

「這個嘛……」

麻衣視線移動到側邊的咲太，目不轉睛地觀察一段時間。

「總之，長相算普通吧。」

她冷淡地說。

「咲太帥氣的一面，只有我一個人知道就可以了。」

不過，她立刻加快速度接著說。

大概是在掩飾害羞吧，麻衣快步前進。兩人依然牽著手，所以咲太感覺被她拉著走。

「麻衣小姐。」

「幹嘛？」

「剛才說的話再說一次。」

「說了你會得意忘形，我才不要說。」

「咦～～」

「你這一點真的很遜。」

麻衣轉頭看向咲太，得意洋洋地笑了，非常開心地看著一臉不悅的咲太。她看起來好幸福，所以咲太也沉浸在幸福的心情裡。「兩人一起幸福」就是這種點點滴滴的累積吧……

並不是尋求什麼非常特別的事物，而是在平凡無奇的日子裡發現這種會令人不禁展露笑容的

瞬間。咲太認為「幸福」就是察覺這樣的一瞬間。

如果是這種事，自己應該也做得到，所以咲太稍微感到安心。

穿越平交道，從只打開一半的校門進入校區。

通往校舍的路上的雪確實剷乾淨了。大概是哪個運動社團被派來剷雪順便當成訓練。當時似乎也胡鬧地打過雪仗，周圍地上留下好幾顆雪球的殘骸。

兩人從校舍門口進去。

「你找個地方打發時間吧。」

麻衣放開牽著的手，準備獨自前往教職員室所在的二樓。

「我也要去啦。」

「總不能帶著男友去找老師吧？」

「真不想和麻衣小姐分開耶～～」

「很快就好，乖乖等著吧。」

麻衣冷漠地不予理會，快步離開。

「就算要我打發時間……」

獨自留下來的咲太抓著頭髮亂翹的腦袋思考要去哪裡。

他只想到一個地方。

「再怎麼說，今天應該不會來吧？」
即使如此心想，咲太依然前往物理實驗室。
握住門把傳來的手感很輕，證明沒上鎖。
「雙葉？」
所以雖然室內沒開燈，但咲太一邊這麼呼喚一邊打開門。
即使是寒假，依然在黑板前面發現理央的身影。她一如往常穿著白袍，站在實驗桌前。
「……」
理央看見咲太的臉，就這麼拿著試管愣住。
「什麼嘛，瞧妳一臉看見鬼的樣子。」
咲太伸手向後關上門，進入室內。這裡和走廊不同，被暖爐加熱的空氣感覺很舒服。咲太鬆了口氣。
窗外操場是整片的雪景，和房間內部成為對比。雪地反射陽光，將室內照得明亮。
「梓川……」
微張的嘴發出微弱的聲音。咲太還沒回話，理央就雙腿一軟，癱坐在物理實驗室地上，像是下半身完全使不上力的不自然坐法。

「唔，喂！」

事發突然，咲太連忙走到理央身旁。

「雙葉，還好嗎？」

咲太蹲在理央前方，從她手中接過試管。試管是空的，但是破掉就有危險。咲太將試管放回實驗桌上的試管架。

「……不好。」

這段期間，理央似乎說了一些話，但是聲音從喉頭深處劃開，咲太聽不清楚。

「雙葉？」

咲太想觀察理央低著頭的表情。

「一點都不好！」

理央說著抬起頭。

這時候的理央雙眼已經流下豆大的淚珠，只能對咲太說這句話。

「抱歉，讓妳擔心了。」

「一點都不好……！」

理央輕輕握拳，朝咲太的大腿揮下去。完全不痛。但理央完全沒力道的這個抗議，令咲太感受到強烈的罪惡感，胸口被緊揪得好難受。

相較於理央感受到的不安，這也算不了什麼。

「真的很抱歉。」

咲太找不到別的方法，只能不斷道歉。

「一點……都不好……」

一次又一次，理央軟弱地捶打咲太。

「我還以為再也見不到你了……我一直這麼認為……認為你一定會犧牲自己……」

「嗯……」

她說的沒錯，咲太一度接受這個結果。但咲太沒出車禍，沒能出車禍。因為麻衣救了他；因為麻衣出了車禍……

而且，為了改變這個最壞的事態，咲太從未來返回……造就了現在。

「可是，你從昨天就沒消沒息……沒人說你出車禍，網路跟新聞都沒提到你出車禍……我還想說可能有希望，一直等到天亮，但你就算沒事也不通知我一聲！」

理央沒藏起哭泣的臉蛋，也沒拭去淚水，直接將想法化為言語發洩在咲太身上。完全不像平常的理央，平淡地講道理的冷靜態度連一點都不剩，就這麼任憑情感驅使，想到什麼就化為言語吐露出來。

看著這樣的理央，咲太心頭一陣暖意。這些話只聽表面像是在生氣，感覺所有情感都是在責

罵，但她揮下的拳頭並不是要傷害咲太。

「太好了……」

理央露出安心的表情，同時雙眼再度接連落下好幾顆豆大的淚珠，逐漸沾溼她的白袍。

「你還活著真是太好了……」

說完，理央微微笑了。

「這拿去。」

咲太將實驗桌上的整盒面紙遞給理央。

理央拿下眼鏡，大概是事到如今才覺得哭成這樣很丟臉吧。

「不准看我。」

她說著拭淚。

過一陣子不再哭泣之後，將眼鏡上沾到的水珠也擦乾，重新戴上。眼睛與鼻頭變紅的臉蛋朝向咲太。

「昨天，發生了什麼事？」

「發生太多事……我不知道該從何說起。」

「黑板上的這個是？」

理央指的是混入艱深方程式與圖表所寫的熟悉訊息。

——發現我啦，雙葉！

只有這段訊息的筆跡不同。咲太會覺得熟悉也是當然的，因為這是他昨天寫的……

「是你寫的吧？」

「嗯。」

「這個也是。」

理央拿手機畫面給咲太看。儲存在草稿匣，要寄給「櫻島學姊」的簡訊。

——我是咲太。

短短的內文只輸入這幾個字。

「昨天啊……」

只要想說出口，就會喘不過氣。對大翔子的情感填滿胸口，聲音差點哽咽走音，淚水差點奪眶而出。咲太深深吐一口氣，勉強掩飾過去。

「昨天，我做了非做不可的事……」

如此說給自己聽的咲太站起來，抓住仰望他的理央雙手，輕聲吆喝並拉理央起來。理央姑且站得住，卻感覺一鬆手就又會蹲下去。咲太讓站不穩的理央坐在椅子上。

接著，咲太像在確認自己做過的事情，娓娓道來。

先一步體驗了幾天後的未來。

咲太發作的思春期症候群。

多虧自己軟弱，才得到重新來過的機會……

不只如此，咲太自己也下定決心。

包含這個決定的意義在內，咲太全部告訴理央了。

話語毫不矯飾，據實傳達給理央。

理央默默聆聽到最後，頂多只發出像是附和的吐氣，而且感覺像是在點頭示意，方便咲太說下去。

即使咲太全部說完，理央也沒立刻開口。

她拿燒杯裝水放在鐵絲網上，點燃酒精燈。等到水沸騰，泡了兩人份的即溶咖啡。

理央自己的容器是自用的馬克杯，咲太的容器卻一如往常是燒水用的燒杯。彼此喝了一口有點濃的咖啡。

苦味在口腔擴散，透過鼻腔而出。經過喉嚨的暖意放鬆身心之後，理央終於開口。

「這樣啊。」

短短的一句話。

對於咲太的行為，她完全沒肯定或否定，也沒有鼓勵或安慰的感覺，就只是讓咲太知道她已經理解事實的簡短話語。這是現在最令咲太感激的回應。

後來直到喝完這杯苦咖啡，咲太與理央都沒說話。

彼此都想不到適合這時候說的話。該傳達的事情都已經傳達，咲太沒別的話好說。

所以喝完燒杯的咖啡之後，咲太站了起來。

「梓川。」

「嗯？」

「你能夠活下來，我覺得太好了。」

「……」

「我真的覺得太好了。」

「……啊啊。」

咲太只說得出這個回應。理央願意像這樣表明……願意像這樣為咲太著想，咲太想回應的情感在內心隱隱作痛，但是說出來可能會哭，所以咲太說不出口。

「就這樣。」

理央最後冷淡地說完，將視線移向窗外。她的雙眼發現了某件事。

「……那是櫻島學姊？」

理央從椅子起身，站到窗邊，將手伸向窗鎖打開窗戶。

戶外冰冷的空氣流入室內。

咲太來到理央身旁，一起看向操場。

整面覆蓋著雪的純白操場。

去年沒下過這麼大的雪，所以咲太第一次看到峰原高中校庭積滿雪。

棒球社與足球社大概是考量到雪的影響而中止練習，遼闊的操場上只有一個人影。

是麻衣。

沒留下任何人的腳印，一片銀白的積雪操場上，麻衣一步步慎重地前進。即使腳被雪絆得有點蹣跚，依然以雙手維持平衡走到中央，表情看起來很愉快。

麻衣蹲下之後摸雪。

「櫻島學姊在做什麼？」

理央提出單純的疑問。

旁邊的咲太將腳踩在窗框上。

「嘿！」

隨著這聲吆喝，他翻過窗框來到外頭。

「梓川？」

「她在堆雪人。」

「啊？」

理央一副真的聽不懂的反應。

「雙葉也要一起來嗎？」

咲太出聲邀請，理央看向面前的咲太，再看向操場上的麻衣，然後像是心領神會般嘴角露出淺淺的笑容。

「不用了，會冷。」

理央說完關上窗戶。她在玻璃另一頭又說了一句話，但咲太完全聽不到。

只不過，看表情就隱約知道她說了什麼。

——我不想當電燈泡，所以免了。

她大概是這麼說的。

2

耗時許久堆成的雪人共三個。高約七八十公分的兩個雪人，是咲太與麻衣比賽堆的；和咲太差不多高的最大的雪人，是兩人合力滾雪球堆成的。

雪球滾得這麼大，終究不可能只由咲太與麻衣兩人將頭抬到身體上，所以從物理實驗室叫來理央幫忙。三人也抬不動直徑七十公分的雪人，只好把社團活動休息中的佑真抓來，四人同心協力才好不容易完成。

並不是具備什麼意義。辦不到的話放棄就好，不過完成的巨大雪人當前，有種不可思議的成就感。

像是在守護學生，佇立在校舍入口旁邊。

以手機拍下雪人照片的麻衣似乎也很滿意。

離開學校回程的電車上，麻衣也欣賞自己拍的許多照片，開心地一張張拿給咲太看。

咲太、麻衣與雪人的照片，也有許多照片是和佑真、理央一起拍的。雖然沒什麼太大的意義，氣氛卻莫名不錯的各種照片……

「這樣好像高中生耶。」

高中生麻衣說出矛盾的感想。不過咲太對這個意見也感到同意與共鳴。

「真的。」

感覺很像心目中的高中生形象，出現在青春連續劇也不奇怪的一頁回憶。這段回憶收藏在相機的取景框。

逐一欣賞照片沒多久，載著咲太與麻衣的電車抵達藤澤站。

兩人走出驗票閘口，走連通道前往ＪＲ車站的途中，咲太停下腳步。

察覺的麻衣晚一步轉過身。

「咲太？」

「那隻狗……」

吸引咲太目光的，是趴在通道一角的大型犬。應該是拉布拉多。狗的身旁是穿著淺綠色工作人員外套的四十多歲女性與二十多歲女性，兩人打著「培育導盲犬」的名義向行人募款。

以往咲太屢次見到她們在這裡募款，也有發現趴在通道一角的拉布拉多。不過，今天是他第一次停下腳步。

總之把錢包裡的零錢全部攤在手心。倒出來的零錢共兩百圓出頭。

咲太捏著這些零錢走向四十幾歲女性。

「那個，請收下。」

他說。

「謝謝您的協助。」

募款箱朝向咲太，咲太叮叮噹噹地投入兩百多圓。

「哎呀，真多。」

女性給了他一張甜美的微笑。

「金額比聲音少就是了。」

咲太露出苦笑。

「只要肯注意到我們就很感謝了。」

女性以真摯的表情說。在咲太的身後，許多人視若無睹地直接經過。

「這孩子也在高興對吧？」

趴在一旁的拉布拉多尾巴大幅搖了一次，以圓圓的可愛眼睛仰望咲太。看著這對純真的眼睛，咲太反而有種罪惡感。

自己身體的這個反應不是基於純粹的善意想要捐款。

咲太有這份自覺。

他選擇和麻衣一起活下去，沒選擇翔子的未來。

捐款的原動力在於他對這個選擇的內疚。

我做了善事，所以請原諒我。

我做了善事，所以請治好小翔子的病。

咲太認為自己想向在某處看著他的神提出這個完全不划算的交換條件。

一旁的麻衣也在捐款。

「咦，不會吧……是本人？」

二十多歲的女性發現捐款的人是「櫻島麻衣」，要求握手。麻衣爽快地答應。

「這孩子，我可以摸嗎？」

「可以。牠很聰明，請稱讚牠。」

麻衣撫摸拉布拉多的頭。牠閉上眼睛，看起來很舒服。

「你看，那個人是……？」

周圍開始發現「櫻島麻衣」時，咲太與麻衣離開導盲犬，進入JR車站，穿過車站來到另一頭，迅速溶為人群的一部分。

「心情有點複雜。」

行走的麻衣看著前方低語。不知道哪些部分是說給咲太聽的，從氣氛感覺可以當成自言自語作結。

「說得也是。」

麻衣應該沒要求回應，但咲太刻意這麼回話，因為他的心情和麻衣相同。

某人需要別人的協助，是不認識也沒見過的某人，所以以往都可以置身事外。即使視野一角捕捉到這個人的身影，也認為和自己無關，不放在心上。

但是，認識了只能等待心臟捐贈者的小翔子，和她交流之後，咲太得知自己今後沒辦法永遠都當個局外人。遇到困難或是需要協助的人，或許就是未來的自己。咲太透過和翔子的相遇學會了這個道理。

所以，麻衣說她心情複雜。正因為翔子罹患重病，咲太與麻衣才得以察覺這份情緒……雖然很高興可以察覺，但是想到翔子的處境就沒辦法盡情表達喜悅，心情十分複雜。

不過，人們只能以這種形式察覺吧。

若能更輕易察覺，那隻拉布拉多圓圓的大眼睛應該也不用看見視若無睹來往的人潮。器官移植的圈子也是，原本或許會更大。小翔子或許能更早接受手術，早早恢復活力。

然而，社會並未變成這樣。

某些東西在沒察覺的時候，甚至連察覺的機會都沒有，就這樣一無所知地從指縫間滑落，甚至沒發現滑落。

並不是某人的錯，也不是某人害的。只不過是人類沒被設計成這麼方便，如此而已。咲太也是變成當事人才終於察覺。

任何人都有現在非做不可的事，想要去做的事……為此拚盡全力，或是分身乏術，也可能沉迷其中。

或許在明天之前非得完成某些功課或工作不可；或許為了配合朋友的話題必須先看完某部影片；或許一定要回覆某則簡訊；或許非得出門買晚餐的材料不可；或許非得打掃房間，否則會被爸媽罵。

相較於生命，這都是微乎其微的問題。不過對於當事人來說無論是大是小，總之這些都是不能忽略的問題而占據內心。人們必須先面對這些問題才行。

如果每個人都會為他人著想，反倒令人毛骨悚然。七十億人在生活的同時還要為七十億人著想，這樣只會累到自己，腦袋也會因為過於忙碌而出問題吧。

所以，咲太只做自己想做的事，只做自己該做的事。

不抱持過度的期待，卻也不抱持絕望……

若能理解這一點就可以勉強走下去。

而且，這一瞬間該做的事已經定案。

「那個，麻衣小姐……」

咲太停下腳步叫住麻衣。

「嗯？」

「回家之前，我想去一個地方。」

「探望翔子小妹對吧？我也一起去。」

配合咲太停下腳步的麻衣先往前走。咲太追上去與麻衣並肩前進時，麻衣自然牽起他的手。

輕敲寫著「301號房」的病房房門卻沒有回應。

「……我進去了。」

咲太如此告知之後拉開門。

微暗的病房裡籠罩著靜謐。有種靜謐的聲音。小冰箱低沉的運轉聲；在耳朵深處轟隆隆的聲音；自己的腳步聲，以及衣服的摩擦聲。還有呼吸聲聽起來特別清晰。

燈關著，窗簾也拉上。保持沉默的房內空氣悶著，打造出有點古老的氣氛，彷彿想將這間病房遺留在過去。

床上沒有翔子的身影。她正在加護病房，除非特例，否則親屬以外的人甚至不能會面。

代替翔子放在無人床上的是包裝得漂漂亮亮的三個盒子，以及用緞帶裝飾的小熊布偶。咲太立刻察覺這是翔子父母與醫護人員送的聖誕禮物。

「我完全忘了……」

咲太直到昨天都不知道自己是否能活著迎接十二月二十五日，直到經歷麻衣的死都認為自己不會迎接今天來臨，所以他沒能顧及禮物的事，也沒有餘力顧及。

「希望翔子小妹病情好轉。」

麻衣讓倒下的小熊布偶坐在枕邊。

「真的……」

翔子恢復活力出院之後，咲太希望她能帶著疾風來家裡玩。如果能一起帶那須野洗澡，被蓮

蓬頭灑得全身溼透，為這種微不足道的小事歡笑，咲太認為是最棒的事。
親手毀掉翔子接受手術的機會卻還抱持這種想法，或許是一種任性。希望翔子病情好轉的這個願望，咲太自覺是一廂情願。
但是，他無法收回願望。
無論誰怎麼說都不會收回這個願望。
咲太打從心底希望翔子治好疾病，如此祈禱。
今天也是，咲太甚至對剛堆好的雪人許願。
——請拯救牧之原小妹。
這也是咲太真正的心情。如果能救，他當然想拯救她。咲太曾經獲得拯救翔子的手段，但這是咲太唯一做不到的手段，因為這麼一來就無法讓麻衣幸福。
說到麻衣，她站在邊桌前面看著某個物體。
「麻衣小姐？」
「這個……」
麻衣拿一張紙給咲太看。學校發給學生，年久泛黃的薄薄紙張。是之前看過好幾次的「未來規劃」。
是小翔子念小學四年級的時候，在上課時寫的東西。不過，被疾病封閉未來的翔子說她沒能寫完。

如果沒接受心臟移植手術，或許很難活到國中畢業。既然醫生這麼宣告，寫不完也是理所當然的。

翔子無法純真地想像自己成為高中生、成為大學生……成為大人的樣子。

咲太的視線不經意落在這張「未來規劃」上，雙眼掃過內容。

「……？」

咲太立刻感覺突兀。

不對勁。

上面寫的內容比咲太記得的少。

以鉛筆寫下的未來規劃在國中的途中停止，在國中即將畢業時停止。

咲太之前看的時候，內容增加到大學生的部分，翔子找咲太討論過這件事。紙上寫著她不記得有寫過的內容……

這不是翔子記憶出錯。咲太第一次看的時候，紙上只填到高中生的項目。但是過幾天確認的時候，咲太看見上面寫到大學生的項目。

而且，書寫痕跡現在依然留在咲太所看的這張紙上。

一度寫到大學欄位的內容被橡皮擦擦掉，還依稀看得到文字，也可以解讀。

——國中畢業。

——就讀看得到海的高中！（最好是峰原高中！）

——遇見真命天子。

——健康地從高中畢業！

——就讀大學。

——和真命天子重逢。

——下定決心表白！

擦掉的內容，咲太全部看過。

但他不知道這些內容為什麼會被擦掉。

不知道現在正在發生什麼事。

只是看到擦掉的文字痕跡，只像是翔子的未來被消除，咲太內心糾結不已。他想起每天嬌憐地露出笑容的小翔子，為了避免爸媽或咲太擔心，以笑容掩飾己身不安的那副模樣……想到以嬌小身體對抗不安的翔子，無可適從的想法就逐漸注滿咲太的淚腺，很快就漲滿，淚水差點溢出。

不過，這是咲太選的未來。他不能在麻衣面前……不能在翔子的病房哭泣。

「我去買個飲料。」

咲太說著將紙張交給麻衣，獨自走出病房。

咲太微微仰頭走在無人的走廊上。

看著每隔一段距離並排兩根日光燈管，毫無變化的天花板。

無謂地計算日光燈管的數量沒多久，淚水的刺激平息了。咲太搭電梯到一樓，盡量走向遠一點的自動販賣機以防萬一。

抵達商店街的自動販賣機區時，心情穩定了許多。

咲太從錢包取出千圓鈔，讓插入口把鈔票吸進去。

首先按下溫奶茶的按鍵。這是麻衣的份。

接著，咲太購買自己要喝的藍色標籤運動飲料。五百毫升的寶特瓶發出碰撞聲滾下來。

確實也買了麻衣的份，她會稱讚我嗎？選了麻衣拍廣告代言的運動飲料，她會對我笑嗎？咲太一邊想像回去時麻衣的反應，一邊將手伸向取物口。

這一瞬間，某種液體滴答滴答地沾溼手背。

「啊？」

突然發生這種事，咲太驚聲一叫，不禁翻過手掌確認兩三次。這段時間，無色透明的水滴也繼續沾溼咲太的手。

片刻之後，咲太察覺某種類似安心感的情緒填滿身體中心。明明只是為麻衣買飲料，明明只

是買了麻衣拍廣告代言的運動飲料……明明只是稍微期待回到病房時麻衣的反應……如此平凡無奇的日常，令咲太感受到小小的幸福而落淚。

能夠將這種事視為平凡無奇的日常，咲太為這樣的自己流淚。緩慢、溫柔地迎面而來的溫暖情感不知何時籠罩全身，這種感覺想壓也壓不下來。幸福的淚水止不住，也忍不住，因為沒必要忍下去……

咲太沒能取出寶特瓶，倚靠著自動販賣機蹲下，顫抖著肩膀哭泣。不能讓任何人擔心，所以他克制音量……只能等待包裹全身的溫柔平息。

咲太在等待的同時察覺到一件事。

非常單純的一個答案。

「我……已經幸福了……」

因為已經成為能像這樣哭泣的人……

這個事實再度使得淚水奪眶而出。

「我……已經……幸福了……！」

即使幾乎不成聲，咲太也想對自己這麼說，想繼續說下去。

察覺就在身邊的小小幸福。

察覺已經在手心裡的小小幸福。

這就是幸福……咲太想不斷對自己這麼說。

咲太途中繞了點路，在回到３０１號病房的時候應該已經離開三十分鐘以上了。

拿在他手上的是奶茶與運動飲料的寶特瓶，以及可以單手拿的小雪人。

「這是麻衣小姐的份。」

咲太說完先把奶茶拿給麻衣。對於奶茶變涼以及咲太晚歸，麻衣都沒說什麼。

「送翔子小妹的聖誕禮物？」

麻衣只看著咲太的手，詢問關於雪人的事。看咲太的眼睛應該可以輕易看出他剛才在某處哭過，麻衣刻意假裝沒發現。

雪人放進打開才發現空空如也的冷凍庫。姑且貼了一張「內有雪人」的字條。要是一無所知的翔子母親或護理人員打開冰箱嚇到也不好。

麻衣喝起奶茶，咲太見狀也打開寶特瓶蓋，響起「啪嘰」的清脆聲響。水分從眼睛流失不少，所以咲太一口氣喝掉將近半瓶。

「你想要什麼獎勵？」

麻衣傻眼般問。

「請永遠和我在一起。」

「這樣就滿足啦？」

麻衣笑了，看起來好開心。

3

咲太與麻衣離開醫院，在回程途中前往超市。

「啊，冰箱什麼都沒有喔。」

走出醫院沒多久，麻衣就像是回想起來般這麼說。

兩人購買數天份的食材，大的袋子由咲太提，小的袋子由麻衣提，兩人各空出一隻手，手牽手回家。

回到公寓門前，麻衣自然而然地跟著咲太走，一起搭電梯。看來她要直接去咲太家。咲太毫無理由拒絕，所以不發一語以免多嘴亂事。

照這樣看來，應該可以享用麻衣親手做的晚餐。

咲太抱著這種喜孜孜的心情打開玄關大門。在這個時候，他有點後悔帶麻衣回家。

熟悉的家門口玄關混入陌生的鞋子。亂脫沒擺好的是早上還不存在的花楓的鞋子，此外還有另一雙皮鞋……併攏鞋跟擺得整整齊齊。

像是用襪子在木質地板滑行的腳步聲接近過來。

「啊，哥哥回來了。」

妹妹花楓特地來玄關迎接。及肩剪齊的髮型依然令人眼睛一亮。實際上，她上髮廊至今才經過四五天，加上前天就去爺爺奶奶家住，兄妹共度的時間還不足以習慣這個髮型。

「麻衣小姐，歡迎回來。」

「打擾了。」

麻衣那回應花楓的視線也在意放在玄關的皮鞋。從氣息感覺得到室內除了花楓還有別人，而且不必苦思這個人的真面目。送花楓過來的父親也在屋內。

麻衣要脫鞋時，咲太只在一瞬間想阻止她。

演變成這個狀況，咲太比較想豁出去明講，而且考量到分居兩地的父親，他認為今天當場介紹麻衣比較好。畢竟沒必要給父親增添無謂的擔心，也沒有任何拖延的理由。

老實說，只是不好意思罷了。不過這是最大的問題點……

「爸爸，哥哥回來了。」

花楓朝屋內說了。

響起某種聲音，父親從客廳現身。

「咲太，你回來啦。」

平靜的聲音。

「我回來了。」

咲太也以不輸父親的細微聲音回應。視野一角看得見麻衣向父親鞠躬，父親也有所回應。

「那個，麻衣小姐……這是我父親。」

首先，咲太向麻衣介紹父親。

「然後，這位是正在和我交往的櫻島麻衣小姐。」

咲太不知道如何遣詞用句才正確，就直接以不曾使用的話語對父親介紹麻衣。

彼此並不是初次見面。發生「楓」的各種事件時，兩人曾經在醫院擦身而過，但姑且打過照面。所以對於藝人「櫻島麻衣」來到這裡，父親也沒特別表示驚訝。

「我兒子……咲太總是受妳照顧了。」

「不只是太晚拜會，事情還這麼突然，我才要向您道歉。」

「不用了，因為妳應該很忙吧……」

「沒那回事……」

「……」

「……」

父親一下子就洩了氣導致對話中斷。

「我實在不習慣這樣。」

父親為難般露出苦笑。

「爸爸，振作一點啦～」

花楓從後面拉著父親的手肘。

「雖然這麼說，不過螢光幕上的小姐出現在面前，有種不可思議的感覺，而且她還是咲太的……聽到這種事，我還是……」

「哎呀，總覺得我都不好意思了。」

「花楓，妳剛開始是嚇一跳吧？」

「是沒錯啦。」

「咲太。」

麻衣輕呼咲太的名字，戳他的背。

「我今天先回去了。」

「不，我要走了。」

父親沒說謊，他來到玄關的時候已經拿著包包。

「畢竟不能讓媽媽獨處太久。」

這句話是對咲太說的，話中的意思應該也傳達給麻衣了。雖然已經有好一段時間，不過關於花楓遭受霸凌以及思春期症候群發作，導致母親對育兒失去自信而罹患精神疾病的事，咲太已經親口告訴麻衣。

咲太再度穿回剛脫下的鞋子。

「我送你到樓下。」

「不，到這裡就好。」

父親這麼說，但咲太不聽話立刻走出門。麻衣也跟了過來。花楓在玄關向父親揮手道別，三人拜託她看家之後前去搭電梯。

電梯直達一樓。打開剛走過的電子鎖大門，來到前方道路時，三人不經意停下腳步。

咲太父親先看了咲太一眼，然後再度面向麻衣。

「現在分居兩地，我沒資格擺架子講這種話，不過……願意為了母親與花楓接受現在這種生活的咲太，我自認將他養育成一個懂得體貼的孩子。」

父親突然說出這番話，咲太只想找個洞鑽進去。他甚至想立刻阻止父親對麻衣講這種話。但是他一看到父親認真的表情，就打消插嘴的念頭。

「相對的，塞給咲太的負擔多麼沉重，我也有自知之明。雖然是我任性的希望，不過請妳今後也陪在咲太身邊。」

「好的。」

麻衣明確地回應。

「不過，是我自己想陪在咲太身邊。」

麻衣以柔和的語氣對父親說。

父親對此露出放心的表情，臉頰稍微放鬆。咲太第一次看見父親這種表情，不只驚訝父親會露出這種表情，自己也同時鬆了口氣。多虧麻衣，父親得以放心了。

「那我走了。」

「過完年，我會去看看媽媽。」

咲太以這句話代替道別，目送父親逐漸離去的背影。他的車大概停在往車站方向走一段距離的停車場。

很快就看不見父親的背影了。

接著……

「呼……」

麻衣難得全身無力。

「我好緊張……」

「原來麻衣小姐會緊張啊。」

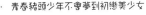

「你以為我是誰啊？」
「在不久的將來，會成為我另一半的人。」
「為了成為這樣的人，我也不能被你的父親討厭吧？」
咲太輕浮地說完，麻衣就毫不在乎地搭腔。
「畢竟可能只因為我是藝人就避之唯恐不及了。」
「看那個樣子，我爸應該不太在意這種事吧？」
「了不起，不愧是咲太的父親。」
咲太不知道父親哪裡「了不起」，但是繼續聊家人也很難為情，所以他決定轉移話題。
「改天也得拜會麻衣小姐的父母才行。」
「我們家就免了。」
麻衣露骨地拒絕之後回到公寓。即使如此，她沒鑰匙就進不去……咲太如此大意的時候，麻衣便以備用鑰匙打開電子鎖大門。昨天給麻衣的鑰匙還在她身上。
咲太連忙追過去，在電梯追上她。
處不好的父母……在這個狀況下，主要應該是母親吧，麻衣一副連提都不想提的態度。
「麻衣小姐。」
「……」

在上升的電梯裡，麻衣只看著電光面板。
「妳在另一個未來，出了車禍……」
咲太感覺心跳加快，但他依然說下去。
「……妳母親趕到醫院之後，一直拚命求醫生。她說『請救救我的女兒』……」
「……」
麻衣不發一語。
「還狠狠賞了我一巴掌，要我將麻衣小姐還給她……」
「我知道她很重視我。」
「……」
「不過，我不希望她現在拿你的事情說三道四。所以，改天吧。」
「好的。」
電梯響起抵達樓層的鈴聲。
打開玄關大門進屋，帶著那須野的花楓再度特地從客廳過來。大概是有什麼事吧，她似乎在等兩人回來。
「哥哥。」
花楓說著走到咲太身旁，緊張全寫在臉上。

「什麼事？」

「現在方便借點時間嗎？」

「我正忙著對麻衣小姐撒嬌。」

「真是的，那是怎樣～～」

「是我人生的一切啊……好痛！」

麻衣從後面敲咲太的腦袋。她沒繼續責備，說了聲「借個廁所」就獨自快步進入屋內深處。

「所以，是什麼事？」

咲太不得已，再度面向花楓。

「我有事情想拜託哥哥。」

「想增加零用錢？」

「不是啦。」

「那就好。」

「其實也有啦。」

「居然有？我們家經濟拮据耶。」

「我希望哥哥明天開始陪我練習。」

花楓一臉不高興地這麼說。

「啊，是那件事啊。我知道了。」

「真的知道？」

質疑的眼神刺向咲太。

「學校對吧？」

「唔，嗯。」

花楓露出意外的表情，大概是認定咲太不知道吧。

「畢竟從第三學期開始就要上學了。」

「嗯。」

花楓用力點頭回應。

對花楓來說，這應該算是和「楓」的約定吧。

「明天開始就拜託了喔。」

「記得準備制服啊。」

「這我剛才就準備了啦～」

講得像是不要把她當成小孩子。既然這樣，她最好不要鼓起臉頰賭氣。

「那麼，明天開始吧。」

「嗯！」

花楓充滿活力地回應之後，和那須野回到客廳。咲太看著她還有點緊張的背影，對於做出明天的約定感到充實。

今天結束之後就是明天。

到了明天，就有明天要做的事。

像這樣過著每一天，逐漸接近未來。

無論明天會面臨什麼事都只能前進，因為咲太選擇了明天會來臨的未來……以大翔子賜予的生命活下去。

4

依照和花楓的約定，咲太隔天開始陪她練習上學。第一天先穿上制服，繞公寓周圍一圈，第二天起試著走向花楓就讀的國中。

寒假的通學路上，沒有穿著相同制服的國中生，花楓在意自己這樣反而顯眼，但她和學校之間的距離逐日縮短。

第三天，她接近到看得見圍繞校區的綠色網子。雖然撞見到校進行社團活動的學生而慌張地撤退，但她接近國中的速度超乎咲太的想像。
維持這個步調的話，想在寒假過後上學的這個目標似乎也會成真。
十二月二十九日的下午，咲太想讓花楓在練習過程中喘口氣，便帶她搭電車前往上野。
「我已經是國中生了，和哥哥一起到動物園會害羞啦。」
在途中的電車裡，花楓講得一副興趣缺缺的樣子，但是一抵達動物園……
「哥哥，熊貓耶，熊貓！在吃竹葉喔，竹葉！」
她比全家出遊的小學生還要開心。
回家前，還在園內的商店央求咲太買熊貓布偶。
「哥哥，布偶很可愛喔！」
「這樣啊，太好了。」
「很可愛喔！」
「家裡已經有了吧？」
「明明很可愛……」
「已經國三了，應該不需要布偶了吧？」
「人家內心是國一啊！」
多虧如此，原本就很輕的咲太錢包差不多輕到可以飛上天了。現在還欠朋繪錢，所以嚴禁繼

續奢侈下去。

為了填補家計缺口……雖然不是這個目的，但咲太將打工班表排滿到年底。

因為年底很難湊到人手，有些日子是店長臨時拜託，但咲太沒拒絕。反正也沒什麼事，而且有時候活動身體比較舒坦。

三十日和朋繪排到同一個時段，自從那一天……咲太從未來回來的十二月二十四日至今，這是兩人第一次見面。

休息時，咲太歸還先前跟她借的三千圓與手錶。

「學長，已經沒問題了？」

朋繪理所當然般主動提起那天的話題。

「這是我僅存的三千圓，還妳之後，我這個年會過得很窮苦。」

「我不是問這個……學長是哪一個學長？」

「兩者皆是。我們合體了。」

「……」

「所以已經沒問題了啦。抱歉害妳擔心。」

「還好啦……只要學長沒事就好……」

和嘴裡說的相反，朋繪的表情看起來一點都不好。她噘起嘴盡顯不滿。

「那就別露出這種表情。」

「我也想稍微成為學長的助力。」

朋繪更加鬧彆扭，說出這種可愛的話。

「這次的ＭＶＰ是妳喔，只是妳沒察覺。」

這是真的。

如果沒有朋繪，咲太從未來回來依然做不了任何事，只能眼睜睜看著最壞的事態發生……或許會變成這種地獄般的狀況，光是想像就會冒冷汗。

「我非常感謝妳喔。」

「我什麼都沒做啊。」

「這三千圓給妳當成謝禮，買妳喜歡的聖代吃吧。」

「啊，嗯，謝謝……慢著，這是我借學長的三千圓！」

「別在意這種小事啦。」

「三千圓一點都不小！」

「……」

「怎……怎麼了，不要突然不講話啦。」

「只要有妳在，打工也很開心耶。」

和朋繪一如往常的平凡互動令咲太鬆了口氣，不禁說出真心話。咲太會心一笑看著朋繪，感覺眼睛一個不小心就會溼潤。

「學長，真的沒事嗎？」

朋繪擔心地抬頭看。咲太不想讓學妹露出這種表情。

「或許不是沒事。我肚子莫名痛起來，總之外場拜託妳了。」

咲太決定隨便說個謊，躲進廁所。

就這樣打工下班回家之後，圍坐餐桌享用麻衣做的料理。麻衣幾乎每天都來做晚餐。

今天除了咲太、花楓與麻衣三人，還附帶了跟著麻衣過來的和香。大概是戀姊情結的症狀變嚴重，麻衣這天做菜的時候，和香也總是想黏在她身旁。

咲太詢問原因時……

「她說她今天早上作惡夢。」

麻衣這麼說明。

「惡夢？」

「我不想說。」

和香只有板著臉，看來真的不會告訴咲太。

咲太一邊幫忙剝洋蔥皮，一邊以視線詢問麻衣。

「她夢見我出車禍。」

「……」

咲太瞬間說不出話，因為這個狀況他也經歷過一次。雖說是夢，但絕對會覺得不舒服吧。對最喜歡麻衣的和香來說，尤其如此……

「哎，那就沒辦法了。只有今天破例准妳向我的麻衣小姐撒嬌吧。」

「不需要你的許可，而且姊姊也不是你的。」

後來和香不知不覺間恢復活力，四人一起吃晚餐。

「豐濱也學做幾道菜吧，不要跑來吃飯。」

「我是來監視你的。」

「麻衣小姐可不是妳的媽媽。」

「咲太還不是每天讓姊姊做飯？姊姊可不是你的媽媽！」

「也對，畢竟是我未來的老婆。」

「要是哥哥和麻衣小姐結婚，和香小姐就是哥哥的小姨子，也算是半個妹妹嗎？」

花楓大口享用馬鈴薯燉肉的馬鈴薯，提出這個單純的疑問。

「……」

花楓一說完，和香的筷子就停下來了。

「饒了我吧，我不要這種嗨咖妹妹。」
「居然用『嗨咖』這種過氣的字眼，拜託饒了我吧，我不要這種老派的哥哥。」
「……」
「幹嘛？」
「想說被妳叫『哥哥』也不錯。」
「去死吧。」
「別咒我死，我會難過。」
咲太學花楓大口享用麻衣做的馬鈴薯燉肉。麻衣瞥向咲太。咲太對和香那句話起反應，所以麻衣感到在意。
「欸，聖誕節那天發生了某些事對吧？」
和香這麼問。她很明顯誤會了咲太與麻衣的反應。
「不是妳想的那種事。」
麻衣隨口回答。
「我……我什麼都沒想啊……感……感謝招待！」
和香像是要逃跑，疊起餐具拿去流理台。
「換句話說，發生了超乎妳想像的事。」

「是……是嗎？哥哥？」

「不准亂說。」

麻衣在桌子底下踩咲太的腳。

就這樣，這天的夜也更深了。

就這樣，咲太過著每一天。

像在確認一天又一天的生活，緩緩度過……

不過，盡可能維持最自然的樣子……

為平凡無奇的事情歡笑、胡鬧、被麻衣罵、被理央白眼、逗朋繪玩、在花楓面前裝傻、惹和香生氣、被佑真大聲嘲笑……這樣的日子對咲太來說一如往常。

在這樣的生活中，和突然來襲的鼻酸衝動相依度日。從一些不經意的契機察覺內心對於自己能活下來的感謝。每天過得愈平穩，對翔子的罪惡感也愈是苛責咲太。曾經流淚懇求小翔子能夠得救，撼動內心的自身情感再三折騰著咲太。

一旦被吞沒就什麼都做不了，只能靜心等待衝動的浪濤退去。

心想著即使如此也遲早能跨越這道障礙……

今年肯定會在這種日子反覆上演的過程中結束吧。

到了明年，或許會稍微有所改變。

暑假結束，第三學期開始，花楓也開始到國中上課……一月應該會轉眼即逝。
二月的情人節，會收到麻衣的巧克力……到了三月，麻衣將從峰原高中畢業。
和咲太的意願無關，時光的流向可能會改變。
季節會輪替，春天也終將到來，完全不會為咲太著想。
無法阻止這一切。
就在咲太開始思考這種事的時候，一通電話打來了……

十二月三十一日，除夕。
這天，咲太也在早上七點起床，預定陪花楓「練習上學」。洗好臉，吃完早餐，等待花楓換好制服走出房間時，家裡的市內電話響了。
咲太移動到客廳一角的電話前。
要伸手拿起話筒時，咲太停止動作。
「哥哥？」
換好衣服出來的花楓看著沒接電話的咲太，歪過腦袋。咲太沒能回應，雙眼注視著電話螢幕。咲太記得畫面顯示的這個號碼，是翔子的手機號碼。
兩種可能性掠過腦海。

第一種可能性是好消息。

另一種可能性是壞消息。

「……」

咲太緩緩吐氣之後，拿起話筒。

「喂，梓川家。」

『啊……抱歉一大早打電話打擾，敝姓牧之原……』

傳來的是成年女性的聲音。

「是牧之原小妹的母親嗎？啊，是我。」

『啊啊，太好了。抱歉突然打電話過來。』

每聽到一字一句，心臟就怦通怦通用力跳動。

「沒關係……」

每說出一字一句，就有種喉頭被掐住般的窒息感。

『我在翔子的手機……那個，找到你的號碼……』

「嗯。」

咲太只能簡短附和，「發生了什麼事」這句話縮回喉嚨深處。連舌頭都害怕碰觸核心，咲太整個人在畏懼。

不知道該放在哪裡的視線看向時鐘。還不到早上八點半。正如翔子的母親所說，家裡電話在這個時間響起是有點早。既然這麼早，應該是基於某個原因才必須這麼早。

『你可以見翔子一面嗎？』

「……」

『拜託你。』

聲音像是在發抖，所以咲太也無法將內心的問題延後了。

「發生了什麼事？」

咲太抱著上刀山的決心朝話筒詢問。嘴脣在發抖，拿話筒的手也在發抖，垂下的電話線碰到牆壁，發出喀喀的刺耳聲響。

『翔子……』

只說出兩個字，翔子母親的聲音就哽咽中斷。

『翔子她……已經……！』

淚水滲透話語。寶貝女兒的名字被深深的悲哀與嘆息塗抹摧殘。

在這個時間點，咲太內心衝動得想摀住耳朵。母親為翔子擔憂的痛苦壓迫著咲太全身，心如刀割，胸口似乎被某種東西捏碎。

即使如此，咲太也沒拿開話筒，因為他現在唯一能做的就是聽下去……

『醫生說，已經……撐不久了……所以，請你……對不起……』

狀況有多麼嚴重，母親崩潰哭泣的聲音已經說明了一切，所以咲太沒有猶豫的餘地。

「知道了。我立刻過去。」

他只清楚說出這句話。

『謝謝……對不起……』

「那麼，醫院見。」

咲太靜靜放下話筒，避免發出聲音。他想盡量除去翔子的母親所受到的折磨，非得以圓滑的方式保護她不可。

因為她比任何人都重視翔子，比任何人都希望翔子康復。正因如此，所以她現在比任何人都脆弱……

「哥哥？」

花楓一臉擔心地看著咲太。咲太看見映在她眼中的自己，才察覺自己臉頰是溼的。

「抱歉，花楓。我現在要去醫院。今天可以停止練習嗎？」

「嗯，可以是可以……」

我才想問哥哥還好嗎？花楓的眼神是這麼說的。

咲太用力擦拭臉頰，想讓花楓知道他沒事。接著他再度拿起話筒。咲太撥打的是他熟悉的電

話號碼。因為打過很多次，手指的動作也很流暢。

抵在耳際的話筒傳來鈴聲。

數著一聲，兩聲，第三聲響到一半的時候接通了。

『梓川？』

接聽的是理央語氣清晰的聲音。

「妳醒著？」

『我每天早上七點就醒了。』

即使是寒假，起床時間也沒變，真的是理央的作風。

『……翔子小妹發生了什麼事？』

咲太還沒說明用意，理央就主動詢問。

正因為知道翔子的病情，所以既然在還算早的時間打電話來，果然會傾向於這麼想。這是自然的反應。

「就在剛才，牧之原小妹的母親打電話給我。」

『這樣啊。』

「她說撐不久了……」

『梓川，醫院呢？』

「我立刻過去。」

『那麼，我也去。』

「嗯。」

『晚點見。』

理央準備掛電話，大概以為咲太只要說這件事吧。

「我說啊，雙葉……」

咲太叫住她。

他還沒說出真正的用意。之所以不是先打給麻衣而是打給理央，是因為他想確認一件事。

『什麼事？』

理央的聲音微微帶著戒心。

聽到這個聲音的瞬間，咲太的心變輕了一些，原因在於他從理央感覺到的緊張。咲太現在要說的事情並非不著邊際的妄想，他從理央的反應獲得確信。

「有唯一的方法可行對吧？」

『……』

理央微微倒抽一口氣，聲音小到必須專心聽才聽得到。理央只做出這個反應，沒說什麼。

「或許只算是可以稱為『可能性』的賭注吧。」

『……』

「不過，牧之原小妹還有機會得救吧？」

咲太抱著依賴的心情朝話筒詢問。

『……』

理央還是什麼都沒說。

「在拯救麻衣小姐之前，我的腦袋裝不下別的東西，所以一直忘到現在。不過，牧之原小妹的思春期症候群至今也持續進行中吧？我在病房看到那張『未來規劃』就想起來了。」

『……』

「而且，國中畢業以後的內容被消除了。像是被某人拿橡皮擦擦掉，留下鉛筆的筆跡。」

這個變化完全沒有冰冷行事的感覺，感受得到人類的體溫。是某人做的，某人動手做的。紙上的痕跡給人這種強烈的印象。

「所以，寫下或擦掉那些內容的人是牧之原小妹吧？我想，應該是當時寫那張規劃表的……小學四年級的牧之原小妹吧？」

『……』

理央無言的吐氣混入緊張感。咲太數度感受到她欲言又止的氣息，恐怕是想讓咲太遠離核心。但咲太已經碰到核心，所以也無計可施。

「三年前的牧之原小妹不斷寫了又擦……對將來感到不安，引發思春期症候群。是這麼一回事吧？」

『梓川，你知道自己在說什麼嗎？』

理央終於說出口的話是詢問。不對，應該說是「確認」。

「我的意思是說，我們現在所在的這裡不是『現在』，是『未來』。」

『……』

「所以，只要能拯救『現在』的……小學四年級的牧之原小妹，『此時』的……國中一年級的牧之原小妹也會得救吧？」

『梓川。』

理央像要開導他般呼喚他。

「還有這個可能性吧？」

『這種東西不叫「方法」，也不叫「可能性」。』

「……」

『你說的只不過是希望。』

「真嚴厲啊。」

『和你祈禱翔子小妹現在立刻接受移植手術差不多。』

「既然妳這麼說，那就應該是這樣吧……」

『「翔子小姐」能從未來回來，以及你能從四天後回來，恐怕是因為你們是引發思春期症候群的當事人。原本單一的意識分裂為兩個，解釋時間的方式產生變化才導致這個結果。就算加護病房裡的翔子小妹得以回到過去，你認為她能救自己嗎？』

「即使不在加護病房也很難吧。」

咲太也不認為國一女生救得了需要移植心臟的自己。高二的咲太也做不到，即使是成年人也一樣。所以翔子的父母備受煎熬。

『翔子小妹的疾病不是重新來過就能改善狀況。即使倒回三年的時光，也不會突然發現劃時代的治療手段，只會同樣經過三年的時間抵達現在。』

「要是能夠消除牧之原小妹的思春期症候群，應該會稍微不同吧？」

『同樣經歷過思春期症候群的你，大概是想說到時候會記得前往未來的經歷吧，不過這也沒有兩樣喔。即使翔子小妹得知自己的未來，她也沒辦法治療自己的疾病。這部分無計可施，所以翔子小姐也沒這麼做。』

理央說的沒錯。

『和迴避車禍不一樣。』

咲太認為真的一點都沒錯。即使如此，他依然沒有絕望地閉嘴，而是摸索希望般開口。

「我說啊，雙葉。」

『……』

「豐濱說，她夢見麻衣小姐出車禍……我因為思春期症候群而預先體驗的那四天未來，應該和她那場夢有關係吧？如果有，就代表這段記憶或許可以傳達給當事人以外的人。」

『所以我說，梓川，這只不過是希望。』

「……」

理央堅決否定。咲太知道原因。

『我也作過類似的夢。』

「……」

『我夢見你消除思春期症候群之後……我把傷心的你帶回我家……』

「那麼……」

『不過，假設現在的你能將記憶片段傳達給三年前的你，肯定也不會改變任何東西。改變不了任何事情。』

「哎，大概只會覺得作了一個莫名其妙的夢吧。」

如果沒把自己視為當事人，看到什麼都會視若無睹。咲太也明白這一點。

『即使感到在意，最根本的問題也擋在前面。三年前的你治不好翔子小妹的病。』

無論是現在還是三年前，這一點都不會改變。

『梓川，假設說……』

理央壓低音調。

『奇蹟發生，過去得以改寫，翔子小妹戰勝病魔……你真的願意這樣嗎？』

咲太知道理央在問什麼。

「牧之原小妹康復是好事吧？」

正因為有這個自覺，所以他裝傻錯開話題。

『既然你自己說出口，那麼你應該知道改寫過去意味著什麼。』

不過，理央沒放過咲太。

「……算是吧。」

『小學四年級的翔子小妹要是克服對未來的不安，沒引發思春期症候群……翔子小姐當然就不會存在。』

「我知道。」

『梓川，你不知道。』

理央靜靜否定。聽理央微微發抖的聲音，感覺得到她不希望咲太知道。

『如果沒有翔子小姐，兩年前的你將不會在七里濱海岸遇見翔子小姐。』

「說得也是。」

『如果沒遇見翔子小姐，你也不會崇拜翔子小姐。』

「嗯。」

『也不會追著翔子小姐報考峰原高中。』

「沒錯。」

『也不會認識我與國見。』

「……嗯。」

『也不會認識櫻島學姊，你們將會步上沒有交集的人生。』

包含這件事在內，咲太當然都知道。

『梓川，你的意思是說這樣也好嗎？』

「當然不好啊。」

是的，當然不好。

「沒認識麻衣小姐的人生不叫人生。」

『既然這樣……』

「坦白說，沒認識妳與國見的高中生活，我也不要。」

朋繪與和香也是。兩年前認識翔子才造就現在的咲太。要是成為開端的這段過去改變，未來

也將會改變，像是接受咲太心臟移植的大翔子已經不在這裡……

「所以，我明明察覺了這個可能性，卻假裝沒察覺而度過這幾天，同時也祈求某人能夠拯救牧之原小妹……」

『梓川……』

「可是，這樣不行。將這種事交給別人，果然不會順利。」

雖然現狀一點都不好笑，但咲太發出聲音笑了，想藉此忘記膽小的自己。

『你不是選擇和櫻島學姊共度未來嗎？』

「我當時是這樣選擇的……因為沒察覺這個可能性，所以這麼選擇。我出車禍保護牧之原小妹的未來，或是逃離車禍選擇和麻衣小姐共度未來……我原本以為只能二選一。」

『……明明接下來才要開始，明明終於要和櫻島學姊一起幸福……你為什麼要放棄？』

「一旦察覺就不行了。想到或許還能挽回，要假裝沒發現是很累人的事。」

『梓川，我一直以為你不會打沒勝算的仗。』

「沒錯。我只想打有勝算的仗。」

『為了不知道是否存在的渺小可能性，不惜將累積到今天的寶貴回憶全部賭下去的人，沒資格講這種話。說起來，這件事你敢對櫻島學姊說嗎？』

「這就是最大的問題。我對麻衣小姐的哭臉幾乎沒轍。」

5

咲太和理央講完電話之後，接著也打給麻衣。

翔子的母親告知翔子病危。咲太才剛說完……

『知道了。我也立刻出發，在樓下等我。』

麻衣隨即這麼回應，掛斷電話。

咲太拜託花楓看家之後走出家門。如同剛才所說，麻衣不到五分鐘就從對面公寓現身。

「走吧。」

咲太微微點頭，和麻衣一起踏出腳步。即使速度比平常快一點，麻衣也跟上來沒落後。

來到大馬路，看到一輛開往醫院方向的公車從後方接近。

「搭那班車吧。」

咲太與麻衣跑到前方不遠處的站牌，從中間的車門上車。大概是學校與公司行號在除夕都休假，車上乘客不多。最後面的長座位空著，所以咲太讓麻衣坐裡面再坐到她旁邊。

車門關閉，公車打方向燈緩緩起步。

在這個時間點，咲太自然地開口：

「那個，麻衣小姐……」

「什麼事？」

「我還是想救牧之原小妹。」

咲太就這麼看著前方，清楚說出這個意願。聲音不大，是平靜的聲音。語氣裡只充滿確切的意志，要將想法確實傳達給麻衣。

「嗯。」

麻衣的聲音也很平靜。咲太以眼角餘光感覺到她微微點頭。如此而已，沒有驚訝，沒有慌張，也沒有詢問咲太的意志，看起來也沒困惑。不只如此……

「既然你想這麼做，那就這麼做吧。」

麻衣停頓片刻之後這麼說。

「麻衣小姐……？」

咲太什麼都還沒說，還沒對麻衣說明剛才那句話所代表的意義不只是希望而已。但是麻衣看起來似乎全部知道了。

「在翔子小妹病房裡看見的那張『未來規劃』……寫下那些內容又擦掉的人是翔子小妹吧？是引發思春期症候群……不對，是症狀依然持續到現在，小學四年級的翔子小妹。」

咲太並不是因為麻衣理解一切而感到驚訝，令他更驚訝的是麻衣以沉穩的態度接受這件事。

「所以，改變過去也沒關係喔。」

麻衣輕輕將自己的手放到咲太撐在座位側邊的手上。手與手在兩人之間相繫。前面的座位擋住，所以旁人看不見。

「畢竟你每天只要獨處就會哭。」

「大概兩天一次啦。」

「少騙人了。」

輕易就穿幫了。不過，這樣的謊言有其意義，逞強也有其意義。因為麻衣稍微笑了。

「還是說，如果我哀求阻止，你就願意改變想法？」

「我很難拒絕麻衣小姐的請求喔。」

「那我更不能說了。因為我想你將會一輩子為這一天的選擇感到後悔。」

「……」

「抱著或許勉強能挽回的想法活下去，是很辛苦的事。」

「嗯。」

「這份痛苦也會隨著時間逐漸沖淡吧，哭泣的次數與時間也會跟著減少吧。我和你肯定可以一起克服這道難關。」

「說得也是。我認為這樣的人生也不錯。」

「不過，那一天……在聖誕夜，我們在電視台的休息室約定過了吧？我們要一起幸福。」

「是的。」

不可能忘得了。那句話是咲太現在的支柱。

「只是為了履行這個約定，稍微繞個遠路罷了。」

「『稍微』是吧……」

「只是全部忘記一次，然後從頭來過罷了。」

「說得也是，只是這樣罷了。」

「然後，我會再度遇見你。」

「嗯。」

「再度和你相戀。」

「嗯。」

「再度被你表白。」

「麻衣小姐，我一定會找到妳。」

緊握的手傳來麻衣的溫暖，整個手掌感受著她的存在。

「到時候，我們要一起幸福喔。」

看向咲太的麻衣溫柔地投以微笑。
「我保證。」
咲太稍微用力握麻衣的手。麻衣難為情似的笑了。
最後，公車停靠在醫院附近的站牌。
咲太與麻衣就這麼手牽著手下車。

抵達醫院，面識的護士小姐在入口處等待。翔子住的加護病房不能輕易進出，所以似乎是翔子的母親請她過來等。
「咲太，你先去。」
「麻衣小姐呢？」
「我去一下病房……需要用到那張未來規劃吧？」
「對喔。」
說到消除翔子思春期症候群的關鍵，確實只會是那張紙。
「那麼，麻衣小姐，那邊拜託妳了。」
咲太和麻衣分開，跟著護士小姐走。
加護病房位於外人絕對無法進入的大樓深處，不只是住院患者，也幾乎不會和醫師或護理師擦身而過的寧靜走廊盡頭。

他人的氣息完全消失時，經過兩扇自動門，來到面會者換裝用的準備室。和上次進入加護病房時一樣，穿上像烹飪服的隔離衣，戴上像打飯值日生的帽子，雙腳也換上專用拖鞋，雙手按照標準程序洗乾淨。

請護士小姐檢查通過之後，才終於能夠繼續前進。

從通往深處的準備室又穿過一扇門。不過這裡還不是翔子所在的加護病房，是整理過的潔淨通道。並排在右側牆壁的玻璃窗另一側是一間間的病房。

帶領咲太的護士小姐停下腳步。咲太隔著玻璃看見認識的面孔。和咲太穿戴相同隔離服與帽子的是翔子的父母。看見彼此時，對方簡單點頭致意，咲太也低頭打招呼。

一週前，咲太沒能進入室內。但是今天不同。

「請進。」

在護士小姐的催促之下，咲太踏入加護病房。

獨特的寧靜籠罩咲太。

只聽得到醫療機器發出的聲音。像是冰箱運轉的振動聲，還有像幫浦汲水的聲音。這種冰冷單調的聲音襯托出室內的寧靜，反倒可以說是醫療機器發出的聲音打造出寧靜。

翔子躺在設置在這些機械正中央的床上，閉著雙眼。

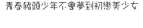

「翔子，梓川先生來了。」
母親以顫抖的聲音說完，輕觸翔子肩膀。
接著，翔子緩緩地只將雙眼睜開一半。首先朦朧地注視天花板，接著看向父母的臉。
「牧之原小妹。」
咲太忍不住輕聲叫她。
游移的視線終於捕捉到咲太。
「咲太先生……」
翔子的聲音悶在氧氣罩底下，小小的手像在尋求什麼般稍微抬高。
翔子母親說著「靠近一點」，將床邊的空間讓給咲太。
「嗯，是我。」
咲太甚至不知道除此之外該說什麼。只是身體擅自行動，以雙手握住翔子的手。翔子幾乎沒使力。手真的好小，手指好細……一直觸摸或許會融化消失吧？咲太被這樣的不安驅使。
「這副模樣，我不想被咲太先生看見……」
「為什麼？」
「因為，被機械圍著……」
「妳這樣很帥喔。」

「這種稱讚不應該說給女生聽啦。」

翔子微微綻放笑容。

她以另一隻手取下氧氣罩。

沒問題嗎?咲太以視線向護士小姐確認。「沒問題的。」護士小姐靜靜點頭。

翔子將取下的透明氧氣罩放在橫跨病床設置的桌上。桌上還有國中課本與小小的筆盒，以及一根鉛筆。

「妳有好好用功啊。」

「只有身體狀況好的時候念一下。」

「翔子，我們先出去喔。」

母親這麼說。以眼神致意之後，翔子的父母以及護士小姐都暫時離開加護病房。

只留下咲太與翔子兩人。

「……」

咲太沒能立刻想到該說什麼。規律地發出聲音的醫療機器營造出某種氣氛，逐漸吞沒咲太的心情。慢慢纏住身體般的緊張感，從腳底往上爬的無盡恐懼囚禁了身體。

「咲太先生遵守承諾了耶。」

「嗯？」

「聽媽媽說，咲太先生每天都來看我。」

「不過有些日子因為打工不能來。」

翔子微微一笑，接受咲太掩飾害羞的話語。

「謝謝……」

「那個，牧之原小妹。」

「有。」

「希望妳聽我說一件事。」

咲太猶豫是否該對這個狀況的翔子說明。然而要是錯過現在，恐怕不會有下次了。翔子的病情就是如此嚴重，加護病房的氣氛如此告知咲太。圍繞翔子的眾人表情比話語說明得更詳細。

「是關於妳先前找我討論的那張『未來規劃』。」

「……」

「記得嗎？就是妳說明明沒寫，內容卻會增加的那張紙。」

「咲太先生，我……」

翔子移開視線，看向遠方，比天花板還遠的某處。位於那裡的大概是天空吧。

「我……一直在作夢……」

「牧之原小妹？」

「是很神奇的夢喔……」

翔子的表情像在述說回憶般平穩。

「變成高中生的我在七里濱海岸鼓勵年紀比我小的咲太先生，還捉弄他……」

「……」

即使離題，咲太也沒打斷翔子。因為他記得翔子說的內容……對咲太來說，這是絕對忘不了的記憶。

「變成大學生的我住進咲太先生家，幫忙做飯、打掃，帶那須野洗澡。就是這樣的夢。」

這大概不是單純的巧合。小翔子夢見的高中生翔子是咲太的初戀對象翔子；至於大學生翔子，無疑是從十一月底到聖誕夜，借住在咲太家的翔子。

「每天早上起來向咲太先生說早安……咲太先生出門的時候到玄關說『路上小心』目送咲太先生……」

「……」

「咲太先生回來的時候，穿著圍裙說『歡迎回來』迎接……晚上互道晚安之後，一天就此結束。等到早晨再度來臨，就從『早安』重複一次……總覺得好像新婚太太，好開心。」

「牧之原小妹……」

「有時候，還會一起出門。」

「這不是夢……」
「在看得到海的教堂穿上婚紗，咲太先生害羞地稱讚我很漂亮……」
「牧之原小妹，妳錯了……」
「雖然是夢，不過可以和咲太先生那樣生活好快樂。」
「這些……全都是真的。」
「真的好快樂……」
翔子一臉滿足地笑。
不知何時，她以溫柔的眼神看著咲太。
「咲太小弟，我知道喔。」
翔子惡作劇地像在模仿某人這麼說。
「牧之原小妹？」
「我都知道。其實那是真正的未來……現在也是未來，我全都知道了。」
「沒錯，就是這樣……所以，只要改變過去，或許還找得到妳得救的路。」
咲太知道這只不過是微薄的期待，也很清楚成功的機率幾乎是零。
「但是，不可以。」
翔子緩緩搖頭回應咲太的話。

「為什麼……」

「即使過去重來一次，我想也很難治好我的病。」

「沒那回事。肯定有某種……」

「可是如果從過去重新來過，我想應該能從現在折磨咲太先生的悲哀之中救出咲太先生。」

「妳在說什麼……」

「我全都知道。」

「……」

「我一直折磨著咲太先生對吧？」

「不對，妳一點都沒有錯。」

「因為我害怕將來，引發思春期症候群……我才會認識咲太先生。」

「這部分是託妳的福。我不曾後悔認識妳以及翔子小姐。一次都沒有，一瞬間都沒有。這些共度的時間都是我的寶物。因為如果沒有相遇，我就不會是現在的我。」

想傳達的心意無窮無盡，咲太甚至想更用力地大喊。但是面對現在的翔子，咲太不可能做得到這種事，只能溫和地訴說到最後。

「咲太先生做過好多努力了。」

「……」

「所以，已經沒事了喔。」
翔子雙眼噙滿淚水這麼說。
「牧之原小妹……？」
「因為，我會好好重來……為了打造出不會遇見咲太先生的未來……」
「妳在說什麼……」
「即使我走了，咲太先生也不用悲傷的未來。為了抵達這樣的未來……抵達咲太先生能夠幸福的未來，就由我……」
「不對……不是這樣……我想說的不是這個……」
大概是已經聽不到咲太的聲音，翔子的雙眼只是朦朧地看著天花板，微微動著的嘴只發出氣如游絲的聲音。
即使再怎麼訴說，她也聽不到咲太的聲音。
「牧之原小妹，不是這樣！」
咲太的話無法傳達給她。
「若要重新來過，只要為了妳自己就好……」
咲太的想法已經傳達不到了。
「所以，咲太先生不用擔心任何事喔……」

「不對……」

「請把一切，交給我處理吧……」

「不是這樣……」

「我絕對會讓咲太先生幸福……所以……」

「妳保重自己就好了！」

此時，咲太握著的翔子的手忽然失去力氣。

「牧之原小妹……？」

「……」

翔子沒回應。完全沒反應。

「來……來人啊！」

咲太連忙大喊。

穿白袍的醫師與護理師立刻進來確認翔子的狀況。

「不要緊。現在只是睡著而已。」

他們調查各種生命指數之後這麼說了。

然而咲太放不下心。強調「現在」這兩個字的意義沉重地壓在內心，心情無法平靜。翔子說出的決心使得咲太從骨子裡發抖。

到目前為止，咲太滿心都想拯救翔子。出生就罹患重症的翔子，咲太認為應該得救，現在也是這麼認為。然而到了這個節骨眼，翔子依然在擔心咲太，還說要拯救咲太。

「牧之原小妹……妳只要為自己著想就好啊……」

滿溢而出的心意任憑衝動說出口。

「把自己放在第一順位就好啊……」

強忍淚水，顫抖著肩膀……

「先出去吧。」

護理師如此建議。

咲太乖乖聽話了。他待在這裡也做不了什麼，只會礙事。

咲太走出無菌室。從玻璃窗外再度將翔子的身影留在眼底。明明完全沒滿足，明明想活得更久一點……翔子的睡臉卻掛著微笑，如同發生了什麼開心的事。

咲太看不下去，快步走回準備室。脫下隔離服與帽子，扔進專用垃圾桶。

「發生什麼事再通知你。」

咲太背對著護士小姐，點頭回應這句話，然後離開準備室。

從剛才來時也有經過的兩扇自動門走出去。

麻衣與理央在門前的走廊等待。

「咲太。」

「麻衣小姐……」

「翔子小妹呢？」

「她現在睡了。」

「這樣啊。」

麻衣難過地看著下方。

「櫻島學姊，拿那個給梓川吧。」

理央看著麻衣手上的一張紙。

「咲太，這個。」

麻衣攤開這張紙給咲太看。

「……！」

看見的瞬間，驚訝與疑問同時湧上心頭。

「為什麼……」

上面寫著新的內容，和以往所見截然不同的內容……

不是國中畢業或升上高中之類的內容。

是過於抽象，不足以形容為未來規劃的內容。

不過，肯定沒有比這更適合的內容了。咲太想不到。內心想法直接化為有形的話語……
彷彿要填滿空格般……
——「謝謝」。
——「好努力了啊」。
——珍惜「好喜歡」這樣的心情活下去。
字寫得歪歪扭扭，卻隱含著力道。
咲太從大翔子那裡學到的喜歡的話語前三名。
咲太教小翔子的喜歡的話語前三名。
而且，在欄位的最後……
——想在將來成為溫柔的人。
是以這句話作為總結。
「……這是怎樣？」
某種液體滴答落在紙上，滲透擴散。「四年一班　牧之原翔子」的文字暈開。
咲太即使知道是自己的眼淚也止不住。
「為什麼……」
「剛才走出加護病房的翔子的母親對我們說……昨天，翔子小妹突然說她想寫作業。」

「我……該怎麼做？」

咲太抱著依賴的心情看向理央。

「該怎麼做，牧之原小妹才能得救……？」

「……」

理央只是眉頭深鎖，不發一語。

「牧之原小妹已經全部知道了……包括翔子小姐的事以及她自己的事……知道或許可以改變過去……儘管知道……她明明知道，這次卻打算別認識我……她說這麼一來，即使自己走了，我也用不著難過……這是怎樣……！」

一絲希望。改寫過去的可能性。翔子不是為了自己，而是要為了咲太而使用……

「梓川，對不起……」

咲太抬頭一看，理央以沉痛的表情等待。

「我只想得到這種事。」

理央遞出一根鉛筆。是打分數用的紅色鉛筆。

「……？」

「咲太……翔子小妹非常努力了。」

麻衣的手輕輕放在咲太背上。

「……」

「所以，你為翔子小妹完成這份作業吧。」

「！」

「這麼努力的翔子小妹，由你來誇獎她吧。」

「我……」

顫抖的手指伸向紅色鉛筆，完全握不穩。即使如此，咲太還是咬牙朝手指使力，硬是將淚水收回來。

攤開這張紙，放在走廊長椅旁邊的矮桌上。

接下來就不再猶豫了。

即使感受到淚水生痛，咲太依然帶著笑容，畫下好大的花圈圈。好大，好大……打算畫出全世界最大的花圈圈，將一朵如同盛夏向日葵綻放的花圈圈畫滿整張紙。

畫完抬頭一看，麻衣在哭泣，理央也在哭泣。又哭又笑的表情就像太陽雨。

傳來除夕夜的鐘聲。

這天，咲太他們破例獲准在醫院過夜。

加護病房門外的走廊。在沿著牆邊並排的長椅上，裹著毛毯等待時間流逝。

翔子的父母說可以使用翔子在住院大樓的病房，但咲太想盡量陪在翔子身旁而選擇這裡。

毛毯是護士小姐借的。她說這裡應該會冷。

咲太和麻衣一起裹著這條毛毯坐在長椅上。旁邊的椅子上是理央以及後來趕到的佑真身影。

沒人說半句話，就只是靜心等待。

「過年了。」

佑真自言自語般說了。在熄燈的昏暗走廊上，手機的液晶螢幕明亮地發光。

沒人說「新年快樂」。

在這個地方絲毫沒有慶祝新年的心情。

試圖奪走翔子生命的時間要是不會繼續前進就好了。這裡只洋溢著祈禱般的寧靜氣氛……

終於，連附近寺廟傳來的鐘聲也停止了。

醫院走廊上沒有任何聲音，頂多只有某人想改變姿勢的窸窣聲。

此外，咲太的耳朵只聽到肩並肩的麻衣的呼吸聲。

這個聲音不知何時逐漸變得規律又安詳。

閉著雙眼的麻衣整個人靠在咲太肩上。

仔細一看，理央也抱膝入睡，佑真彎著腰靜靜地睡著。

窗外遠處的天空泛白。

早晨即將來臨。

新年的新早晨。

咲太向還沒露臉的太陽許願，希望翔子平安。

這個念頭之後，咲太的意識也逐漸中斷。

感覺遠方傳來某個聲音。通往加護病房的自動門開啟的聲音。

——翔子她……

感覺聽到某人的聲音。

但是在這之前，咲太的意識就先起程前往沉眠的世界了。

——作了一個夢。

陌生學校的教室。

排列著還很小的桌子。

是小學。

上課的是大約三四年級的小孩們。

大家專注地面向桌子。

正在紙上寫字。

咲太在眾人之中發現一個似曾相識的少女。

挺直背脊坐正的嬌小少女。

她握著鉛筆，努力在紙上寫字。

側臉看來非常認真，感覺充滿活力。

咲太試著回想這名少女的名字，卻想不起來。

感覺自己知道她的名字，但怎麼想都想不到。

「老師，我寫好了！」

教室正中央一帶的小男生精神抖擻地舉手。

「我也是。」

「我也是！」

教室各處有人舉手。

在開始喧鬧的教室裡，只有少女寫到最後。遲遲還沒寫完。明明班上同學都已經寫完開始玩要了……

女老師走向這名少女。

在少女身旁彎下腰。

「不用勉強，盡量寫就可以了喔。」

老師溫柔地說。

不久，少女抬起頭。

表情看起來很驕傲。

少女以雙手舉起這張紙。

「寫好了！」

少女說完，笑盈盈地拿給老師看。

第四章

溫柔的手彼此相繫

1

身體輕輕搖晃。

趴睡的背部被某人的手搖晃。

——啊啊，天亮了嗎？

意識像這樣清醒過來。

「哥哥，天亮了喔。」

接著，頭的後方傳來聲音。

咲太雙眼半開，朝著放在床邊的鬧鐘伸出手。肌膚感受到冬季特有的冰涼空氣，鑽出溫暖被窩的氣力逐漸流失，想要一輩子待在這個被窩——這樣的想法在內心萌芽。

時間是八點。

室內氣溫是十五度。

日期是一月六日。

「花楓，現在還是寒假耶。」

今天是寒假最後一天，第三學期從明天開始。咲太放開鬧鐘將手縮回被窩，把自己當成巧克力螺旋麵包的巧克力餡料裹起來。

「是哥哥自己說今天九點要打工的喔。」

「那妳去幫我代班吧。」

「之後丟臉的會是哥哥喔。大家會說妹妹代哥哥的班，講各種閒言閒語……」

「放心。」

「放什麼心？」

「這種程度，我不痛不癢。」

「我不要啦。真是的，既然醒了就起來啦。」

花楓稍微加強力道搖晃。

「不，我還在睡。」

「明明醒了嘛。」

「穿幫了嗎？」

哎，都能像這樣正常講話了，不想知道也會知道。

咲太不得已，只好起身。坐在床上，和還在房內的花楓對看。花楓就讀的國中寒假也是放到今天，花楓卻穿著制服。

「總覺得也看慣妳穿制服了。」

「是……是嗎？」

因為在前一所學校遭受霸凌，花楓有很長一段時間拒絕上學，不過在三年級第三學期將近的這時候，她終於逐漸做好上學的心理準備。

咲太在寒假期間也陪她練習，確實獲得成果。花楓昨天終於獨自往返國中校門了。

她昨晚幹勁十足地說今天要複習。

「花楓，妳現在要去練習？」

「已經練習回來了喔。」

「真的？」

「嗯。」

「有好好走到學校嗎？」

「嗯……不過還很緊張。」

雖然知道有點在逞強，但花楓確實在笑，對這樣的自己感到驕傲而露出笑容。

「花楓願意離開哥哥獨立，我好欣慰。」

「我……我早就這樣了啦～～」

花楓鼓起臉頰抗議。

「明明直到上週都要躲在我背後才敢往學校走，真不像是妳會說的話。」

「那……那麼久之前的事，人家才不管啦！」

撇過頭去的動作依然幼稚。而且肚子剛好在這時候咕嚕嚕叫。是花楓的肚子。

「早餐呢？」

「還沒吃。」

「我想也是。」

「因為哥哥還在睡。」

講得好像是咲太的錯。花楓並不是基於「想和哥哥一起吃」……這種噁心的理由才把自己肚子餓的原因說成是咲太還在睡，單純只是因為她完全不會下廚。早餐明明隨便打點就行了。

「說好的離開哥哥獨立呢？」

這句自言自語在房內輕聲響起。

「我餓了，哥哥快點啦。」

花楓當作沒聽到咲太的指摘，拉著咲太的手。

咲太起身下床，前往廚房，準備妹妹期待已久的早餐……

「我開動了。」

裝飾早晨餐桌的餐點包括烤吐司機烤的吐司、用平底鍋煎的香腸搭配火腿蛋，還有切塊的番茄與撕片的萵苣葉。

毫無困難的步驟，真的很簡單的菜色。這種程度，即使是花楓也能很快學會吧。

「感謝招待。」

「不成敬意。」

早餐吃得一乾二淨，用過的餐具洗完收好。

然後迅速洗臉刷牙，姑且撫平睡翹的頭髮之後換衣服。

「那麼，我去打工了。」

「嗯，路上小心。」

咲太在花楓目送之下出門。

搭電梯到一樓，走到門前的路上時和認識的某人不期而遇。

「啊，咲太。」

從對面公寓走出來的，是將閃亮金髮挽在側邊的女高中生。一大早妝就化得漂漂亮亮。

「早安。」

向咲太道早安的是豐濱和香。她身後拖著一個小行李箱。

「早啊。那我走了。」

咲太輕輕舉手道別，朝車站方向踏出腳步。打工的連鎖餐廳在車站附近。

「咦？啊，等一下。」

和香連忙拉著行李箱追上。急促地踩響靴子鞋跟，走到咲太身旁與他並肩前進。

「你為什麼自己先走？」

「我沒跟妳約好吧？」

「在這種狀況下就算沒約好，正常來說也會一起走啦！你也要去車站吧？話說明明還是寒假，為什麼你一大早就跑出來？」

和香講了一堆有的沒的，好吵。

「因為放寒假，我要打工。」

咲太瞥向身旁的和香確認。

「妳要離家出走？」

金髮、花俏的辣妹妝、行李箱。這三個要素組合起來，看起來只像是要離家出走，就像新聞特輯「在夜晚街頭徘徊的離家出走女高中生們」的感覺。

「我早就在離家出走了。」

「啊～～這麼說來也對。」

因為和母親處不好，和香已經離開老家，現在住在同父異母的姊姊麻衣家。這是距今約三個

月前，秋天發生的事。

和香快速擺動雙腳想配合咲太的步調，行李箱的輪子不斷滾動發出聲音。

「給我，我幫妳拉。」

咲太朝行李箱伸出手。

「啊，嗯。」

即使一度受驚，和香還是將把手交給咲太。

「謝謝。」

大概是因為和外表的反差，率直的這一面看起來更為顯眼。

「裡面是什麼東西？」

沒有很重。

「要在埼玉的購物中心辦迷你演唱會。」

看來和香想說這是演唱會所需的行李。外表比普通人花俏一點的和香是「甜蜜子彈」這個偶像團體的成員，正在進行藝能活動。

到了週末，會充滿活力地巡迴各地舉辦演唱會。咲太不經意聽著和香說明行程，和她一起走在通往車站的路上。

還是上班時間的早晨的藤澤站滿是穿西裝的上班族。進站、出站與轉車的人潮忙碌不已。

咲太在ＪＲ驗票閘口前方停下腳步。

「那麼，演唱會加油啊。」

他說完將行李箱還給和香。

「嗯，謝謝。啊，對了。」

和香叫住正要去打工的咲太。

「嗯？」

「下個月，來看情人節演唱會吧。」

「為什麼？」

「畢竟有我主唱的曲子。」

「為什麼？」

「散場的時候可以選擇喜歡的成員，收到她親手送的巧克力喔。」

「那我跟那個不穿內褲的隊長拿吧。」

咲太看過一次演唱會，當時在ＭＣ時間有個女生放話說「偶像不會穿內褲」。記得叫作廣川卯月。咲太不記得其他成員，但因為那句話太令人震撼，所以只依稀記得這個隊長。外型是修長的模特兒體型，咲太覺得有點像麻衣，這也是他記得隊長的原因之一。

「話說，為什麼不跟我拿？」

「妳就正常地給我友情巧克力吧。」

「啊？」

「給我友情妹妹巧克力就好。」

「我聽不懂你在說什麼，而且我還不是你的妹妹吧？」

「反正遲早會是我的妹妹，現在當也一樣啊。」

「咲太，你沒想過可能會被姊姊甩掉嗎？」

「想這種事有什麼樂趣？」

「唉……」

和香嘆了好長一口氣。

「算了。反正姊姊說好要來演唱會了。」

「那我也去。」

「全部是內場座位，票價六千五百圓。」

「居然要收錢？既然是自己人，直接送我票啦。」

對咲太來說，六千五百圓是相當高額的開銷。

「就當作是你妹妹的風光舞台，所以別吝嗇出這筆小錢喔，哥哥。」

「……」

「……」

原本大概是要捉弄咲太才打趣地這麼稱呼，但和香臉蛋愈來愈紅，不只是耳朵與頸子，連指尖都紅通通的。

「不准看我！我走了！」

單方面發脾氣的和香穿過驗票閘口。咲太盡到未來姊夫的義務，目送她逃也似的背影遠離消失。

「當個這樣的哥哥也不賴耶。」

還說著這樣的感想……

2

「早安。」

開店前的連鎖餐廳店內，外場還沒開燈，暖氣也才剛開，室溫只比戶外溫暖一點。

總之，咲太先進到裡面換制服。

休息區置物櫃後方就是男用更衣室。

咲太來的這時候，走出一個換好衣服的高大人影。
「哈囉。」
四目相對就向咲太打招呼的是同校的朋友國見佑真。
「嗨。」
咲太和佑真互換位置進入置物櫃後方，說著「好冷，好冷」匆忙換上服務生制服。
「咲太，難得看你排早班。」
「我才要問，你的社團活動呢？」
「今天是從下午開始練習。」
「居然在社團活動之前打工，你瘋了？」
「下個月是上里生日喔。」
這裡說的上里，是正在和佑真交往的同年級女生上里沙希。和咲太同班，把他視為眼中釘。
「你到底進貢了多少啊？」
「講得真難聽。不會買太貴的東西啦。」
「我認為重要的是心意喔。」
「當天才知道櫻島學姊生日的傢伙沒資格這麼說。」
佑真哈哈大笑。

「而且只為了說一句『生日快樂』就搭新幹線末班車去片場金澤，你才瘋了吧？」

佑真還在笑。那個事件完全不是笑話。

「當時回程的車錢，記得你說是跟櫻島學姊借的？到金澤要多少錢啊？」

「來回共三萬，還要加上住宿費……」

「你花的錢絕對比我多吧？」

「大家不是都說回憶無價嗎？」

「開銷是現實吧？」

「所以我才會一早就排班啊。」

咲太一邊綁好圍裙一邊從置物櫃後方走出來。

「那麼，努力工作吧。」

坐在圓凳等待的佑真起身，為自己跟咲太打卡之後，先一步走出休息區。咲太不得已也跟了上去。

向麻衣借的錢，咲太終究想用寒假的打工薪水還清。

「咲太，將來千萬別當小白臉啊。」

「你認為當家庭主夫ＯＫ嗎？」

「這你找櫻島學姊討論再決定吧。」

「就這麼辦。」

即將因為午餐時段而忙碌的正午，佑真留下咲太自己先下班，早早前往籃球社練習。

「那麼，之後就拜託你了。」

「無情的傢伙。」

相對地前來打工的是同校小一屆的學妹古賀朋繪。一五二公分的嬌小體型，適合她的流行輕柔短髮，搭配可愛的輕柔淡妝。

「咦？原來學長早上就來了？」

換好服務生制服的朋繪來到外場，一看到咲太就這麼說。

「古賀遲到這麼久？真大牌啊。」

「我本來就排這時間的班啦！」

「……」

「幹……幹嘛？一直看人家。」

「沒有啦，該怎麼說……」

「該怎麼說？」

「啊～～不過，還是算了。」

「啊？」

「反正就算講了也會被妳說我沒神經，我還是放在心裡吧。」

「單方面冒出沒神經的感想卻不講出來，這樣更讓人討厭啦！」

「那我就說了……古賀，妳的臉是不是變圓了？」

「嗚，果然？」

朋繪伸手遮住臉。

「過年吃了年糕，獲得跟年糕一樣軟嫩的肌膚嗎？」

「學長，你真的氣死我了，三格火！而且，不要一直看我啦！」

「繼蜜桃臀之後是軟嫩肌嗎？女子力有增無減耶。」

「我絕對會變瘦！到時候學長要好好跟我道歉喔！」

朋繪鼓起臉頰抗議卻連忙縮回去，大概是覺得這樣看起來會更圓吧。

「到時候，我再請妳吃起司漢堡排。」

「熱量就免了，展現誠意給我看。」

「那妳別吃起司漢堡排，改成我在妳面前吃吧。」

「我現在光是想像就火大，所以起司漢堡排還是我吃吧。」

「所以從幾公斤瘦到幾公斤，我就要請妳？」

「那個，從四十……慢著，我怎麼可能說啦！」
「我不會告訴任何人的。」
「我唯獨不想被學長知道啦！別鬧了，正經工作！」
「是是是。妳也別減肥了，客人交給妳招呼喔。」
「我現在又沒在減肥！」
朋繪氣沖沖地去幫客人點餐，不過在客人面前確實露出笑容。
「真忙碌的傢伙。」
咲太也覺得差不多要回頭工作時，剛好有客人上門。
「歡迎光臨。」
咲太拿著菜單接待。
他認得這個上門光顧的客人。
站在門口的是咲太的朋友雙葉理央。明明還在放寒假卻穿制服。
「真難得看到妳來。要找國見的話，他不在喔。」
「他去社團活動對吧？剛才在車站跟他擦身而過。」
「也就是說，妳已經結束社團活動回來了？」
理央所屬的科學社只有理央這個社員，因此被要求留下一些活動實績。為了避免校方抱怨，理央過著每天做實驗的日子。

總之先帶她入座。

「決定點餐之後，請按按鈕通知。」

咲太依照制式流程說完，想要先離開。

「等等，我現在就點。」

「請說。」

咲太從圍裙口袋取出點餐機並開啟。

「這個，濃郁奶油培根義大利麵。」

理央指著義大利麵頁面的第一道料理。

「好的。一份濃郁奶油培根義大利麵是吧？」

「……抱歉，還是改這個吧。」

理央說完，指著加了很多蔬菜的番茄義大利麵。

「熱量少兩百大卡的義大利麵是吧？」

「……」

咲太自認形容得很中肯，理央卻認真地瞪他。

「最近女生之間流行減肥嗎？」

幾分鐘前才跟朋繪在聊這個話題。

「當然流行啊，畢竟剛過完年。」

「妳和寒假之前沒什麼變吧？」

乍看之下感覺完全沒變。

「看不見的地方變了。」

理央輕聲說。

「噢，原來如此。」

咲太的視線自然落在有點緊繃的制服外套上，雄偉的雙峰撐起襯衫。

雖然身高和朋繪差不多，胸圍卻明顯比她大。以朋繪的狀況，她那裡沒什麼料。

「這個世界真不公平啊。」

咲太看著理央的胸前感慨地心想。理央不知何時拿起手機，拍了一張照片。

「客人，店內禁止照相。」

「拍照存證。」

「存什麼證？」

「我要向櫻島學姊報告，你用色色的眼神看我。」

「我說啊，雙葉……」

「什麼事？」

「今天，我晚點要和麻衣小姐約會。」

「所以？」

「請保密，不然我會被罵。」

「意思是要我說出來比較好？看你的表情在笑耶。」

「還好啦，畢竟我也喜歡被麻衣小姐罵。」

「真不愧是豬頭少年。」

理央嘆口氣，死心般收起手機。

3

咲太按照計畫努力打工到下午兩點，然後匆忙換好衣服，在兩點五分衝出連鎖餐廳。

「我先告辭了。」

「啊，學長，辛苦了！」

如同剛才對理央說的，接下來等待他的是和麻衣的快樂約會。

兩人說好要去稍微遲來的新年參拜。

穿過今天早上目送同行的和香離開的ＪＲ車站，來到藤澤站南側。

咲太打算走車站的連通道前往江之電的藤澤站，卻在中途停下腳步。

一個正在募款的團體吸引他的目光。推測是國中生。

咲太暫時停下腳步聽他們在為誰募款，很快就得知是在援助開發中國家無法好好上學的貧困孩童。

咲太從錢包拿出所有零錢。

「請收下。」

他對距離最近的男生這麼說，將零錢投入募款箱。嘩啦啦投入的金額應該是三百多圓。

「謝謝您！」

對方以大到令人難為情的音量道謝，所以咲太逃也似的離開現場。他不想被旁人當成偽君子。咲太就這麼走到小田急百貨公司旁邊的江之電藤澤站，拿ＩＣ卡感應進站。

從鎌倉方向開過來的電車剛好進入月臺。

這一站是起點站，所以軌道只到月臺中間。

咲太看著綠色與奶油色相間的電車，繞到左邊，獨自進入還很空的車內。

到了發車時刻，電車緩緩起步。

以還在加速般的速度行駛沒多久，立刻減速停在下一站石上站。接著依序停靠柳小路、鵠沼、湘南海岸公園等站，一直南下開往江之島站。

離開江之島站，軌道朝鎌倉東部延伸，電車沿海行駛。尤其在離開腰越站，穿過兩側是住宅的狹窄區塊之後，電車就沿著海岸線前進。冬天的清新空氣以及海的深藍，具備這個季節特有的舒適感。

咲太心不在焉地眺望這幅景色，搭電車直到終點鎌倉站。

下車來到月臺，從驗票閘口出站。

「咲太。」

立刻有個聲音叫他。

麻衣站在售票區旁邊。是頭髮綁成麻花辮，戴上平光眼鏡的變裝版本。但她用心化妝赴約的樣子，坦白說很顯眼。

「話先說在前面，這不是為了你，是攝影用的妝。」

大概是從視線感覺到了什麼，麻衣搶先這麼說。

「咦～～就算說謊也好，真希望麻衣小姐說這是為我化的妝……」

「光是沒卸妝，你就要感恩了。」

「是為了我才沒卸妝嗎？」

「所以啊，你是不是該說什麼？」

「麻衣小姐超可愛。好喜歡妳。」

麻衣的嘴角滿意地上揚。看她露出這樣的笑容，咲太更喜歡她了。

「好了，走吧。」

麻衣拉著咲太的手，一起踏出腳步。

咲太與麻衣來到的地方，是從車站步行約十分鐘的鶴岡八幡宮。這裡到了元旦，前來新年參拜的人就會多到連大人都會迷路。不只如此，即使過了三天依然可能管制進場人數。總不能和麻衣一起闖進這種地方，所以咲太像這樣等到一月六日才終於和麻衣來新年參拜。

穿過鳥居，走在寬廣參拜道路的石礫小徑。走一段路來到石水槽，以杓子接一瓢水，依序洗淨左手與右手，再倒少許水到右手心用來漱口，最後豎起杓子，以剩餘的水清洗杓柄。

咲太原本想敷衍了事，但麻衣教他正確的做法。

「麻衣小姐，妳居然知道這種事耶。」

「拍戲的時候學的。」

一邊聽麻衣聊工作一邊往裡面走，看到一座高得必須仰望的階梯，上方是主殿。

兩人一階一階往上爬。

走到最上層，咲太打開錢包要拿香油錢。

「啊……」

仔細一看，零錢格是空的。

「怎麼了？」

「麻衣小姐，借我香油錢。」

「啊？」

麻衣發自內心露出傻眼的表情。

「我在藤澤站捐了款。」

「啊啊。」

光是這樣，麻衣就接受了。

「雖然我不想過問你的興趣……」

和說的話相反，打開自己錢包的麻衣只傳達出不滿的心情。

「不是興趣啦。」

是不知不覺就持續到現在的行為。

記得一開始是支援絕症研究的醫療相關募款。大概是三年多前。後來雖然沒有明確的理由，但是咲太只要看到募款活動就會捐出錢包裡的所有零錢。

「上次是誰因為這樣沒錢吃午飯啊？」

「多虧這樣，麻衣小姐分便當給我吃，我覺得棒透了。而且還『啊～～』地餵我吃。好心真的有好報耶。」

「真是的，我講東你就講西。啊，對了。」

「什麼事？」

「咲太，你有紙鈔嗎？」

「有千圓鈔喔。」

咲太終究不是只帶零錢來約會。不過錢包裡就只有這麼一百零一張就是了……

咲太從錢包取出千圓鈔給麻衣看。

接著，麻衣立刻伸手過來搶走他僅有的千圓鈔。

「啊，麻衣小姐！」

而且麻衣快步走向主殿。

「你明明有香油錢嘛。」

麻衣站到功德箱前面。「其實裝進信封比較好……」她說著投入千圓鈔。

「啊～～！」

無視於咲太的哀號，進行標準的二禮二拍手一禮。

「咲太，你也來吧。」
千圓鈔回不來了，再怎麼想也沒用。咲太也站在麻衣身旁，向神明雙手合十。
「……」
好好向神明做重要的報告吧。順便許了好幾個願。
荷包意外縮水的參拜結束之後，咲太與麻衣經過護身符等物品的販賣處前方，從一旁延伸的階梯往回走。
「有好好許下千圓份的願望嗎？」
「我向神明報告，今後會好好讓麻衣小姐幸福。」
「這是怎樣？」
麻衣害臊般笑了。
「還有，我拜託神明今年別讓我遭遇太多奇怪的事件。」
「奇怪的事件啊……不過多虧這樣，我們才會認識吧？」
「野生的兔女郎一個就夠了。」
咲太在圖書館遇見麻衣，是在春天時發生的事。然後，咲太暑假前被捲入小惡魔的騷動，暑假時理央分裂為兩人，第二學期開始的同時還發生麻衣與和香互換身體的意外。秋末甚至發生妹妹「楓」回復為「花楓」的事件，簡直是接踵而來。

終究發生太多不同的事件，希望今年可以節制一點。

「啊～～還有，因為錢包空空如也，所以我也向神明許願，希望麻衣小姐今天能在家裡下廚款待我。」

咲太故意這麼說，同時瞥向身旁的麻衣。

「知道了啦。我去你家做飯吧。」

「好！」

「想吃什麼？」

「麻衣小姐親手捏的漢堡排。」

「如果你幫忙捏絞肉就沒問題喔。」

「那不就變成是我親手捏的漢堡排了？」

「別計較這種小事。」

「這是最重要的部分！」

新年參拜完回家的路上，咲太與麻衣到鎌倉站搭電車，在途中的七里濱站下車。

單線鐵軌的小車站。將ＩＣ卡放在簡易驗票機感應，往下走四五段階梯就會出站，來到站前的道路。

走過一座短橋，左手邊看得見兩人就讀的峰原高中校舍。明天起就是第三學期，又得每天到學校上課。

總之，現在先忘掉令人憂鬱的事，咲太轉身背對學校，走下通往眼前廣闊大海的平緩坡道。行經綠燈遲遲沒亮的134號國道行人穿越道，抵達道路的另一側，從那裡往下走到夕陽照耀的沙灘。

對抗沙子的束縛，和麻衣一起走到海岸線。

冬天的海風很冷，有力的海浪聲消除周圍的喧囂。

雖然看得到零星幾個人，卻可以打造出只有咲太與麻衣的世界，所以咲太喜歡這個場所。

「咲太很喜歡海吧？」

「但我最喜歡的是麻衣小姐。」

咲太看向麻衣想討個獎賞，麻衣卻不想回應的樣子。不只如此，還莫名洋溢著不悅的氣息。

咲太從她接下來說的話得知了原因。

「出現在夢裡的女高中生這麼好啊？」

這種講法像是在試探咲太，刻意說得有點不是滋味。

「正如我之前說的那樣啦。不是好或不好的問題……總覺得她幫了我某些事……」

「這裡是你們兩人約會好幾次的地方吧？」

「不過都是夢裡的經歷就是了。」

因為是夢，所以一切都模糊不清，要當成記憶的話缺乏清晰度。

所以，咲太甚至不知道她的名字。

也無法好好想起她的容貌。

和她交談的內容、她說話的聲音，也因為是夢所以不清楚。

不過，只有受她幫助的感覺留在體內。

兩年前就是如此。花楓遭受霸凌而吃盡苦頭時，出現在夢中的女高中生給予咲太積極向前的勇氣。

這名女高中生穿的制服，咲太查出是峰原高中的制服……後來決定和妹妹共同生活時，咲太選擇搬到這裡。

或許……咲太抱著這個淡淡的期待。

不過，還是沒見到她。

找不到可能是她的學生。

「是喔……」

麻衣依然一臉不是滋味的樣子。

「話說，麻衣小姐也喜歡這個地方吧？」

咲太判斷局勢不利，決定趕快換個話題。

「與其說喜歡，以我的狀況來說，只是對這裡有點感情罷了。」

「畢竟那部電影超紅的。」

是麻衣國中時代主演的電影。

劇情以七里濱周邊為舞台，所以這片沙灘也出現在大銀幕上。麻衣飾演一名天生罹患嚴重心臟病的少女，唯一的治療方法是接受移植手術。然而沒有出現捐贈者，女主角在這樣的處境下依然努力求生的嬌憐模樣讓全日本感動落淚。比任何人都清楚生命多麼寶貴的女主角，其存在感在海外也廣受好評，是一部獲得知名電影獎的名作。

以這部電影為契機，女主角罹患的疾病廣為人知，社會上對於器官移植的看法應該也有所改變。當然是朝正面的方向改變。

咲太的錢包裡也放著一張綠色的器捐卡。

「好冷，回去吧。」

麻衣不等咲太回應就背對海踏出腳步。咲太立刻追上去，走到麻衣身旁之後牽起她的手。

「你的手好冰。」

「所以想請麻衣小姐幫我暖和一下。」

「一般來說應該男女對調吧？」

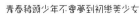

麻衣一副傻眼的樣子，卻沒有因為抗拒而甩掉咲太的手。不只如此，還打趣地想把兩人的手插進咲太的上衣口袋。總覺得令人難為情。

像這樣嬉戲的兩人在沙灘通往道路的階梯下方和一家人擦身而過。

年約三十五到四十歲，看起來很恩愛的父母。

兩人中間是年約國中生的少女。笑咪咪的她開心地和父母說話，笑容好耀眼，給人非常深刻的印象。

「影響身體就不好了，所以只能一下子喔。」

女兒跑向海岸線時，父親這麼說。

「沒錯。就算已經動過手術……」

母親接著叮嚀。

「我已經康復，沒問題的。」

少女轉過身來，面帶笑容揮手。

咲太看見她，完全停下腳步。

「咲太？」

麻衣一臉疑惑，觀察咲太的表情。

「那個女生……」

咲太發出像是夢囈的聲音。

在沙灘上嘻笑的少女，咲太覺得似曾相識。

海浪靠近時往回跑的那張笑容……

聽起來好快樂的笑聲……

隨著動作大幅飄揚的長髮……

不過，即使好像快要想起來，卻什麼都想不起來。

她叫什麼名字？

在哪裡見過？

什麼都想不起來。

再怎麼思索，腦中也沒有答案。找不到答案。

「……不，沒事。」

所以咲太如此回應麻衣，踏上一層階梯。

就在這個時候。

還沒意識到之前，身體就起反應了。

還沒想到之前，心就採取行動了。

咲太轉身面向大海。

「牧之原小妹！」
咲太大喊這個陌生的名字。
不輸給海浪聲的宏亮聲音。
乘著海風，傳到遠方。
大喊的瞬間，咲太想起這個名字了。
連結溫柔的重要名字。
所有溫暖的記憶隨著讓眼角溫熱的情感一起在咲太內心甦醒。
「……」
沙灘上，少女睜大雙眼。
看著咲太的雙眼像是看見不敢置信的光景。
不過，少女立刻哭成淚人兒，任憑淚水奪眶而出。
「是，咲太先生！」
說完，翔子笑了。

後記

從企劃立案開始計算，本系列也過了三年。

雖然不知道今後還會再寫幾年，不過希望各位繼續陪著咲太與麻衣他們走下去。

鴨志田一

重新找回麻衣的五月
和朋繪假扮成男女朋友的六月
和理央成為真正的朋友的八月
守護和香成長的九月
收下楓內心決意的十月
相信翔子擁有未來的十二月

對咲太來說
這一生無法忘記的一年結束了——
故事將於下一集開創新局！

國家圖書館出版品預行編目資料

青春豬頭少年不會夢到初戀美少女 / 鴨志田一作 ;
哈泥蛙譯 . -- 初版 . -- 臺北市 : 臺灣角川 , 2017.04
面 ; 公分

譯自 : 青春ブタ野郎はハツコイ少女の夢を見ない
ISBN 978-986-473-608-9(平裝)

861.57 106002900

Kadokawa Fantastic Novels

青春豬頭少年不會夢到初戀美少女

（原著名：青春ブタ野郎はハツコイ少女の夢を見ない）

2017年4月27日　初版第1刷發行
2024年8月16日　初版第15刷發行

作　　者：鴨志田一
插　　畫：溝口ケージ
日版設計：木村デザイン・ラボ
譯　　者：哈泥蛙

發 行 人：台灣角川股份有限公司
總　　監：呂慧君
總 編 輯：蔡佩芬
主　　編：林秀儒
編　　輯：孫千棻
設計指導：陳晞叡
美術設計：吳佳昫
印　　務：李明修（主任）、張加恩（主任）、張凱棋、潘尚琪

發 行 所：台灣角川股份有限公司
地　　址：104台北市中山區松江路223號3樓
電　　話：（02）2515-3000
傳　　真：（02）2515-0033
網　　址：www.kadokawa.com.tw
劃撥帳戶：台灣角川股份有限公司
劃撥帳號：19487412
法律顧問：有澤法律事務所
製　　版：尚騰印刷事業有限公司
ISBN：978-986-473-608-9